Huéspedes horripilantes

Huéspedes horripilantes

Ilustraciones de Marion Lindsay
Traducción de Jaime Valero

Título original: Vile Visitors

www.anayainfantilyjuvenil.com
e-mail: anayainfantilyjuvenil@anaya.es

© Diana Wynne Jones, 2011
Publicado por primera vez en 2012 por HarperCollins Children's Books,
división de HarperCollinsPublishers Ltd
© De las ilustraciones: Marion Lindsay, 2012
© De la traducción: Jaime Valero, 2014
© De esta edición: Grupo Anaya, S. A., 2014
Juan Ignacio Luca de Tena, 15. 28027 Madrid

Primera edición: octubre de 2014

ISBN: 978-84-678-6126-6
Depósito legal: M-20275-2014
Impreso en España - Printed in Spain

Las normas ortográficas seguidas en este libro son las establecidas
por la Real Academia Española en la nueva *Ortografía de la lengua española*,
publicada en el año 2010.

Índice

Angus Flint

Tony, Cándida
y Pip

Pip

Angus conduciendo

Travieso

El Hombre Asiento

Marcia y Simon

La vieja butaca

Mamá

¿Quién se libró de Angus Flint?

Capítulo primero

El día que mi hermana Cora se marchó fuera dos semanas, un amigo de papá llamado Angus Flint llamó por teléfono sin previo aviso. Dijo

que su mujer acababa de abandonarlo
y preguntó si podía venir a vernos
para animarse un poco. Desconozco
cómo llegó mi padre a tener un amigo
como Angus Flint. Se conocieron en la
universidad. Uno de los dos tuvo que
haber sido diferente en aquel entonces.

En cualquier caso, papá se alegró de
que Angus Flint no se hubiera olvidado
de él, así que le dijo que sí y después
se lo contó a mamá. Mamá dijo «Oh»
con el mismo tono huraño que uso yo
cuando descubro que mis hermanos se

han comido todo el chocolate. Después, añadió:

—Supongo que puede quedarse en la habitación de Cora.

Imaginaos que alguien en la antigua Roma dijera: «Supongo que los leones pueden comerse a mi mejor amigo», y os haréis una idea del tono que utilizó mi madre.

Aquello debió habernos servido como advertencia porque a mamá le cae bien gente que nadie en su sano juicio podría soportar, pero yo estaba ensayando con el piano, así que no me enteré. La señora

13

Hawksmoore me había encargado preparar una vieja canción infantil llamada *La danza élfica*, y no se me daba nada bien. Mi interpretación sonaba como si dos melancólicos elefantes de tamaño mediano trataran de bailar un vals. Y la siguiente pieza del libro era otra canción titulada *La fiesta de las hadas*. Solo sigo con los ensayos porque me encanta nuestro piano. Es un piano enorme, negro e imponente que mamá compró por 100 libras, y que en nuestra opinión si hubiera costado 1 000 libras habría seguido siendo barato.

Pip quiere ser un genio en algo y
no consigue decidir en qué, pero, hace
un tiempo, pensó que quizá podría
ser un genio tocando el piano. Estaba
ensayando cuando llegó Angus Flint.
Antes de eso, Pip y Tony —Tony es el
hermano que nació entre Pip y yo— se
alegraron tanto de que Cora se fuera y
no pudiera darles la lata, que decidieron
celebrarlo comiendo... bueno, la verdad
es que no contaron qué se comieron,
pero a Tony le salieron granitos y se
puso malo. Tony tiene la capacidad de
salir indemne cada vez que cometen

alguna fechoría. Mamá pensó que estaba
enfermo de verdad. Cuando Angus Flint
se presentó en casa, Tony estaba sentado
en una silla de la sala de estar con un
cuenco sobre las rodillas, y mamá estaba
empezando a ponerse nerviosa.

El siguiente ejemplo os mostrará
cómo era Angus Flint. Mamá se acercó
a estrecharle la mano y se disculpó de
que todo estuviera manga por hombro.
También le explicó que Tony se había
puesto malo.

—Pues abre la ventana. No quiero
contagiarme —dijo Angus Flint.

Esas fueron sus primeras palabras. Era un tipo orondo y achaparrado, con una expresión adusta en el rostro y los labios carnosos. Tenía una voz estridente y chillona.

Mamá se quedó un poco cortada, pero entornó ligeramente la ventana y le dijo a Tony que se fuera a la cama. Papá le pidió a Angus Flint que se sentara. Angus Flint contempló las sillas, como si las estuviera evaluando, y finalmente se sentó en la mejor. Papá había empezado a preguntarle dónde tenía pensado alojarse durante este

tiempo, cuando de repente Angus Flint
pegó un brinco y se levantó de nuevo.

—Esta silla es incomodísima. No hay
quien se siente en ella —dijo.

No le habíamos puesto nada en la
silla (aunque ahora desearía que lo
hubiéramos hecho), sencillamente se
trataba de una de las gangas de mamá.
Todos nuestros muebles eran gangas
que mamá había encontrado en tiendas
de segunda mano. Pip me lanzó una
mirada elocuente y sonrió al percibir mi
furia contenida. No soporto que alguien
insulte de ese modo a un mueble. Por
muy fea o incómoda que pueda ser
una silla o una mesa, no me parece
bien decirlo en voz alta. Pobrecillas, no
pueden evitarlo. Ya sé que la mayoría de

nuestros muebles son horrorosos, y que
la mayoría de las sillas te acaban dando
dolor de espalda tarde o temprano, ¿pero
qué necesidad hay de decirlo? El caso es
que no creo que los muebles sepan leer,
así que no pasa nada si se dice por escrito.

Mientras tanto, papá se levantó de la
silla en la que había estado sentado Tony
y le propuso a Angus Flint que se sentara
en ella.

—En esa no —dijo Angus Flint—.
Está infestada de gérmenes.

Ignoró el resto de las sillas y se acercó
hacia la mía.

—Quiero sentarme —me dijo.

—Déjale la silla a Angus, Cándida
—dijo mamá.

Me puse furiosa, pero me levanté.
Parece que a la gente se le olvida que los
niños también tenemos derechos.

Pip se compadeció de mí y puso su
típica cara de pena. Después hizo girar
el taburete del piano, pisó el pedal de
resonancia y se puso a tocar con energía
la vieja canción que estaba aprendiendo:
¿Cómo reconoceré a mi Amor Verdadero?
De momento solo ha llegado hasta
esa. Tony dice que podría reconocer al

21

Amor Verdadero de Pip en cualquier parte: sería tartamuda y no tendría oído musical ni para tocar el timbre. Y el resultado era aún peor con el pedal de resonancia pisado.

Angus Flint estaba contando con su voz estridente y chillona que había empezado a hacer yoga desde que lo abandonó su mujer.

—Deberíais hacer yoga —dijo—. Es muy trascendental. Es...

Se calló. El Amor Verdadero de Pip emitió un balbuceo ensordecedor y le falló la entonación de una nota.

—¿Quieres dejar de hacer el tonto con ese piano? —rugió Angus Flint—. ¿No ves que estoy hablando?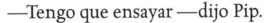

—Tengo que ensayar —dijo Pip.

—No mientras yo esté aquí —dijo Angus Flint.

Entonces, antes de que me diera tiempo a reaccionar, Angus Flint se puso en pie y levantó a Pip del taburete, agarrándolo por el pelo. A Pip le dolió mucho —como yo descubriría por mí misma más adelante—, pero consiguió salir de la habitación sin dejar entrever sus lágrimas. Mis padres se quedaron

estupefactos. Son demasiado educados con los invitados. Pero yo no.

—Hazlo otra vez —le dije— y me encargaré personalmente de que lo lamentes.

La única respuesta que recibí de Angus Flint fue una mirada de furia absoluta, y después regresó a mi silla.

—Esta silla es ridícula —dijo—. Es demasiado baja.

Aquella mirada resultó ser su principal arma. La usaba con todo aquello que le disgustaba. Yo me la gané un montón de veces, sobre todo por

cerrar la ventana. Es una ventana tan grande que, cuando está abierta, es como si faltara la mitad de la pared del salón. Me estaba pelando de frío. Supuse que los gérmenes imaginarios de Tony ya habrían desaparecido, así que me levanté y cerré la ventana.

Angus Flint no interrumpió su charla estridente y chillona con papá. Sencillamente se levantó y la abrió de nuevo, sin parar de hablar en ningún momento. Yo no pensaba darme por vencida, así que me levanté y volví a cerrarla. Angus Flint se levantó y la

abrió de nuevo. No recuerdo cuántas
veces repetimos la misma operación.
Entre medias, Angus Flint acarició a
Travieso. Al menos, creo que su intención
era acariciarlo, pero *Travieso* tenía todo
el derecho del mundo a pensar que lo
estaba azotando.

—Qué perrito más majo —decía
Angus Flint, mientras lo cubría de
mamporros y coscorrones.

—No le des tan fuerte —dije.

Me gané de nuevo la Mirada, así que
me levanté y cerré la ventana. Mientras
Angus Flint la abría de nuevo, *Travieso*

evitó acabar con las costillas rotas escondiéndose debajo de uno de los armarios. El hueco era enano incluso para un perro salchicha.

Capítulo dos

*T*ravieso no salió de debajo del armario ni siquiera para la cena, y eso que olía de maravilla. Mamá prepara sus mejores platos cuando hay visita.

Fue entonces cuando le llegó a mamá
el turno de sentirse insultada. Angus
Flint cortó un trocito diminuto de su
chuleta y empezó a mordisquearlo como
si fuera un conejo.

—¡Está bueno, Margaret! —dijo.
Parecía enormemente sorprendido,
como si mamá fuera famosa por cocinar
sapos fritos en salsa de caracoles.

Entonces se puso a decirle a papá que
el gobierno actual era muy trascendental.
Mamá tenía cara de pocos amigos y papá
parecía bastante crispado. Así que le dije
a Angus Flint que el gobierno no era

trascendental en absoluto. No vi razón
para no decirlo. Después de todo, algún
día podré ejercer mi derecho a voto. Pero
me gané otra vez la Mirada, y después
Angus Flint dijo:

—No quiero escuchar tonterías de
niños.

Empecé a sentir también una ligera
crispación. Me alegré de que estuvieran
poniendo *Famosos con talento* en la tele.
Pip y yo fregamos los platos para poder
verlo, y Tony salió de la cama; no se
perdería ese programa ni aunque se
estuviera muriendo. Nos habíamos

reunido todos ante el televisor, listos para verlo, cuando Angus Flint llegó con paso enérgico desde el salón, donde mamá le estaba ofreciendo un café de cortesía, y cambió a otro canal. Todos nos pusimos a gritarle.

—Tenéis que ver *Chicas a tutiplén* —dijo—. Es muy trascendental.

¡Trascendental y un cuerno! Es una de esas horribles series sobre un grupo de chicas que comparten piso. Se pasan el día quitándose la ropa, lo cual explica que a Angus Flint le pareciera trascendental. Encima se quedó vigilando el mando a

distancia para que no pudiéramos volver
a cambiar. Tony se puso tan furioso que
salió como un rayo a buscar a papá, y
Pip y yo echamos
a correr detrás
de él.

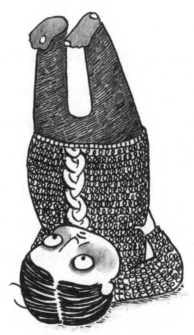

—¡Ya estoy
harto de Angus!
—dijo papá.
Aquella era una
frase muy fuerte
viniendo de él.

—¡Yo también!
—añadió mamá.

Así que los cinco volvimos en estampida al comedor. ¿Y os lo podéis creer? ¡Angus Flint estaba apoyado sobre la cabeza, haciendo yoga, mientras veía *Chicas a tutiplén* boca abajo! No se puede discutir con alguien que está del revés. Lo intentamos, pero resulta del todo imposible. En lugar de hablarle a la cara, tienes que dirigirte a un par de calcetines granates —con un agujero en un dedo gordo— que se menean ligeramente a la altura de tus ojos. El rostro con el que deberías estar discutiendo se encuentra a ras de suelo, contraído y colorado,

apuntando hacia arriba con la parte que debería apuntar hacia abajo. Y cuando llevas ya un rato hablando con los calcetines, el rostro contraído que está a ras de suelo te dice:

—Debo quedarme así diez minutos más.

Y entonces te rindes y te marchas. No te queda otra.

Nos fuimos a la cama. No sé cómo les iría a mis padres el resto del tiempo, pero me lo imagino. Los oí cuando se iban a la cama. Papá interrogó seriamente a Angus Flint para averiguar cuándo tenía pensado

35

marcharse. Por el intenso silencio que se produjo a continuación, deduje que papá se había ganado también la Mirada.

En mitad de la noche, todos nos despertamos por un espantoso olor a quemado. Al principio pensamos que había un incendio en casa. Nos alegramos mucho, ya que era la primera vez que nos ocurría algo así. Pero resultó que el olor provenía de la cocina. El humo era negro y denso, como cuando se te quema caramelo en la sartén.

Así que fuimos todos corriendo hacia la cocina. Allí estaba Angus Flint, tan

tranquilo, metiendo en la caldera lo
que parecía un puñado de sábanas
blancas y limpias.

—He tenido que quemarlas —dijo—.
Estaban cubiertas de azúcar o algo
parecido.

—Podría haberlas lavado yo —dijo
mamá.

Se ganó la Mirada.

—No tenían arreglo —dijo Angus Flint.

Me quedé mirando a Pip. Estaba
abatido. Desde siempre tenía la
costumbre de echar azúcar en la cama de
las personas que no le caían bien, para

gastarles una broma. La idea era que, al
fundirse, la víctima se quedara con la piel
pegajosa y picores por todo el cuerpo.
Yo le había dicho mil veces que sería
más provechoso, aunque se tardara más
tiempo, tomarle prestadas unas cuantas
pulgas a *Travieso*. Pero supongo que
Angus Flint también habría quemado las
sábanas si hubiera encontrado pulgas.

Angus Flint se fue a la cama con
sábanas limpias —fue mi madre quien
le hizo la cama, porque ni entonces, ni
en ningún otro momento, Angus Flint
hizo nada por sí mismo—, y dijo que a

la mañana siguiente se levantaría tarde.
Sin embargo, se levantó antes que yo y
se comió mi desayuno. Papá aprovechó
para escabullirse. Dijo que tenía un
experimento urgente en el laboratorio.
Menudo cobarde. Se adelantó a mis
intenciones. Y tampoco pude quejarme
a mamá, porque Angus Flint la cogió
por banda y se pasó toda la mañana
contándole cómo le había abandonado
su mujer.

Estábamos hartos de oírlo. La historia
tenía una especie de estribillo
que decía:

—Y claro, como no podía soportar
eso, no tuve más remedio que pegarle un
pellizco.

El estribillo se repetía tantas veces que
la pobre mujer tuvo que acabar cubierta
de moratones. ¡No me extraña que lo
abandonara! Si yo hubiera sido ella, le
habría... Bueno, tal vez no, porque tal y
como estábamos descubriendo a marchas
forzadas, Angus Flint era inmune a todo
lo que una persona normal pudiera
hacerle.

Mamá estaba hecha polvo cuando
llegó la hora de comer.

—Id comiendo, Cándida —dijo—.
Voy a salir. Tengo una... eh... una reunión.
No volveré hasta eso de las siete.

Así fue como nuestros despiadados y
cobardes padres nos dejaron a Tony, a Pip
y a mí a solas, un día tras otro, con Angus
Flint.

Capítulo tres

Como es lógico, nos negamos a tener que quedarnos a solas con Angus Flint. Papá dijo que era lo justo, porque ellos tenían que cargar con él por las

tardes. Mi madre tuvo el morro de decirnos:

—Queridos: si ninguno de vosotros tres consigue librarse de él, nadie lo conseguirá.

Me puse como una fiera con ella. Mamá no sabía lo que suponía quedarse a solas con Angus Flint. Le quitó la pelota de fútbol a Pip porque decía que hacíamos mucho ruido con ella. Confiscó los tambores de juguete, mi cuaderno nuevo y los trenes de Tony. Tony tiene la costumbre de dejar por ahí tiradas sus maquetas a medio construir, y Angus Flint

se dedicó a desarmarlas cada vez que se
cruzaba con una. Según él, le entorpecían
al pasar. Cuando fui a protestar, me lo
encontré apoyado sobre la cabeza.

Siempre se apoyaba sobre la cabeza
cuando hacía algo así. Se apoyó sobre la
cabeza después de robarme el cuaderno.
Mi único delito había sido hacer una
caricatura de Angus Flint apoyado sobre
la cabeza, pero eso no le daba derecho
a fisgar en mi cuaderno. Hice el dibujo
por la rabia que me producía que Angus
Flint se dedicara a insultar continuamente
a los muebles. Mis hermanos pueden

defenderse solos, pero la cama de Cora no.
Angus Flint dijo que era dura y estaba llena
de bultos. Dijo que la mesa del comedor se
caía a pedazos y que las sillas solo servían
para chatarra. También dijo que habría
que quemar los muebles del salón.

Tony dijo que si tanto odiaba nuestros
muebles, lo mejor que podía hacer era
marcharse. Se ganó la Mirada. Pip le
preguntaba todos los días a Angus Flint
cuándo tenía previsto marcharse, pero
solo conseguía ganarse la Mirada. Yo
era consciente de que no tenía sentido
decirle a Angus Flint que dejara de

insultar a los muebles, así que, cada vez que se quejaba, le decía:

—Tu opinión es muy trascendental.

Y me ganaba la Mirada.

Desde ese momento, los chicos se dedicaron a decir que todo era «muy trascendental», desde las cortinas hasta nuestros tebeos. Angus Flint debió de ver algo en ellos, ya que nuestros cómics desaparecieron de repente. Después de buscar por todas partes, los encontramos en la habitación de Cora; Angus Flint se los había llevado allí para leerlos. Me fui corriendo a buscar a Angus Flint para

protestar, y ahí estaba, apoyado otra vez
sobre la cabeza, ondeando sus calcetines
granates, y su rostro, que estaba
contraído y colorado, me lanzó la Mirada
invertida desde el suelo.

—Márchate. Tengo que seguir así
cinco minutos más.

—Parece una actividad muy
trascendental —dije, pero me marché
a toda prisa antes de acabar siquiera la
frase. Llegados a ese punto, tenía miedo
de que volviera a agarrarme por el pelo.

Me agarró del pelo en una ocasión
que acudí al rescate de *Travieso*. Este

no se dejaba ver muy a menudo por miedo a recibir las caricias de Angus Flint. Acechaba, nervioso, por debajo de los armarios. Pero una mañana tuvo el descuido de tumbarse ante el dormitorio de los chicos. Pip y Tony pensaron que *Travieso* podría correr a esconderse con más facilidad si le atáramos a la cintura uno de mis patines viejos.

A *Travieso* le horrorizó la idea.

Le horrorizó tanto que se puso a ladrar y fue entonces cuando me acerqué a ayudar. Se produjo una trifulca incrementada por los aullidos de *Travieso*.

Entonces Angus Flint salió a toda mecha
de la habitación de Cora gritando que
nos calláramos.

Travieso huyó disparado. No permitía
que Angus Flint se acercara a menos de
un metro de él si podía evitarlo. Pero el
patín se quedó. Angus Flint lo pisó y cayó
escaleras abajo. Fue genial. Los chicos
y yo nos quedamos apenados al ver que
se detenía en el primer descansillo.
Entonces volvió a subir furioso por las
escaleras, gritando:

—¿De quién era ese patín?

—Mío —dije sin pensar.

Entonces me agarró del pelo y me
balanceó por los aires. Supongo que a
mí me hizo más daño que a Pip, porque
peso más que él.

Aun así, aquello me dio una idea.
Fui a pedir patines prestados a todos
mis conocidos. Conseguí un montón.
Pip y Tony me ayudaron a traerlos a casa
en bolsas de la compra. Entonces los
repartimos, como si fuera matarratas,
por todos los rincones de la casa.
Al final fue un pestiño, porque no
dejaban de venir niños a casa
diciendo:

—Mi hermana me ha dicho que
te prestó mis patines, pero no tiene
derecho a hacerlo porque son míos.

A pesar de todo, después de eso aún
nos quedaron unos cuantos.

El resultado: Pip se cayó una vez, Tony
dos, y yo tres veces. Mamá y papá estaban
inmunizados. Dijeron que tenían años
de práctica. Angus Flint nunca dijo si
se había caído o no. Se limitó a recoger
todos los patines y tirarlos a la basura. Lo
hizo justo antes de que pasara el camión
de la basura, así que cuando nos dimos
cuenta ya habían desaparecido. Los niños

no paraban de venir a casa a preguntar por sus patines. Tuve que darles algunas de mis posesiones más preciadas para compensarlos.

A Tony lo agarró del pelo a causa del estofado de plástico. Quería vengarse porque Angus Flint seguía rompiendo sus maquetas. Tony también odiaba que Angus Flint siempre mordisqueara su comida como un conejo y pareciera sorprendido de que estuviera buena. A Tony eso lo enfurecía tanto como a mí que Angus Flint siguiera insultando a los muebles. Mamá también estaba furiosa.

Después de que Angus Flint hiciera
por tercera vez el mismo comentario
sobre su comida, comenzó a responderle
con fingida inocencia:

—Sí, el arsénico sabe muy bien.

Un comentario al que Angus Flint
siempre respondía con la misma
carcajada estridente y chillona. Por
todo eso creo que mamá y Tony se
compincharon en el asunto del estofado.

Tony había reunido todos los trozos
de plástico que fue capaz de encontrar.
Eran esas piezas sobrantes que quedan

después de haber montado una maqueta.
A primera vista parecían unas ásperas
espinas de pescado. Tony las había ido
recogiendo de cualquier lugar imaginable.
Como la mayoría de los trozos de plástico
procedían del suelo o del fondo de los
armarios, estaban mezclados con un
montón de polvo, pelusas y pelos de
Travieso. Mamá puso la primera cucharada
de estofado en el plato de Angus Flint,
y mientras sumergía la cuchara para la
segunda, Tony le echó encima un buen
puñado de plástico mezclado con pelusas.
Mamá ni se inmutó. Se limitó a servir

la salsa sobre el conjunto y se lo dio a
Angus Flint.

Contuvimos el aliento mientras
mirábamos cómo pinchaba un trozo con
el tenedor y empezaba a masticar.

—Está... —comenzó a decir, como de
costumbre. Entonces descubrió lo que era
y lo escupió—. ¿Quién ha hecho esto?

El instinto le decía que había sido
Tony. Respondió a su pregunta agarrando
a Tony por el pelo y sacándolo de la
habitación.

Mamá volcó su silla al levantarse de
golpe y salió corriendo detrás de ellos.

Pero cuando al fin llegamos todos al vestíbulo —tardamos un poco más de la cuenta porque por el camino fuimos tropezando unos con otros—, Tony estaba en el piso de arriba con la cabeza debajo del grifo de agua fría. Y Angus Flint estaba —¡sí, lo habéis adivinado!— apoyado sobre la cabeza encima de la alfombra del vestíbulo.

—No me apetece cenar, Margaret —dijo su rostro contraído.

—¡Pues muy bien! —le dijo mamá a los calcetines granates, y volvió al comedor hecha una furia.

Capítulo cuatro

A la mañana siguiente, no había nada para desayunar. Angus Flint se había levantado por la noche y se había comido los cereales y la leche, y se había frito todos los huevos.

—¿Por qué no hay comida? —inquirió.

—Porque te la has comido toda —dijo mamá.

Angus Flint no pareció darse cuenta de la frialdad con que le había hablado mamá. Simplemente se puso manos a la obra para comerse también todo el pan y la mermelada. No era consciente de lo

mucho que lo odiábamos. Estaba muy a gusto con nosotros. No paraba de decirlo. Todas las tardes, cuando mis padres volvían a casa abatidos y se encontraban con él, los recibía con una sonrisa radiante.

—Sois una familia muy amigable, Margaret —decía—. Desde que estoy con vosotros he mejorado mucho.

—Será que somos muy trascendentales —dijo Pip con un humor sombrío.

—Supongo que no podría quedarme a vivir aquí para siempre... —dijo Angus Flint.

Se produjo un silencio. Uno muy
trascendental.

Pip rompió el silencio marchando
apesadumbrado a proseguir sus ensayos
con el piano. Llegados a ese punto, el
único momento que nos atrevíamos
a ensayar era cuando nuestros padres
estaban en casa. Angus Flint no nos
dejaba poner una mano sobre el piano.
Si empezabas a tocar, se acercaba y te
agarraba del pelo. A Pip y a mí nos lo
hizo tantas veces que saltábamos del
taburete y nos escondíamos debajo
del piano en cuanto escuchábamos un

paso. El Amor Verdadero de Pip, cuando conseguía ensayar aquella canción, parecía haber empezado a desarrollar una bizquera que se sumaba a su tartamudez, y en lo que respecta a mi canción, aquella que sonaba como dos elefantes melancólicos, ahora empezaba a recordar a una pareja de dinosaurios abatidos. Tuve que disculparme sin parar con el piano, y también con la señora Hawksmoore.

—Deberíais vender ese piano —dijo Angus Flint, mientras Pip comenzaba a tocar.

Mamá no quiso ni oír hablar de ello. El
piano había sido la ganga de su vida. No todo
el mundo puede comprar un imponente
piano de cola por 100 libras. Además,
quería que aprendiéramos a tocarlo.

Llegados a ese punto, Angus Flint
llevaba casi dos semanas con nosotros.
Cora volvería a casa en tres días, y él seguía
sin mostrar la más mínima intención
de marcharse. Los chicos le dijeron que
tendría que marcharse cuando volviera
Cora, pero solo consiguieron ganarse
la Mirada. Mis padres se dieron cuenta
de que era necesario hacer algo y al fin

comenzaron a mostrar cierta firmeza.
Mamá le explicó —con ese tono afligido
que utiliza cuando no quiere ofender a
alguien— que Cora estaba a punto de
volver y necesitaría su habitación. Papá
se dedicó a empezar todas las frases que
le dirigía a Angus Flint con la muletilla:
«Cuando te marches de casa...». Pero Angus
Flint no se dio por aludido. Empecé a tener
la sospecha de que efectivamente tenía
intención de quedarse para siempre.

Pronto estuve convencida de ello. De
repente se puso encantador. Por primera
vez me dejó algo para desayunar. Llegó

incluso a hacerse la cama, y mantuvo
unos modales impecables durante toda
la mañana. Alerté a los chicos, pero
no quisieron creerme. También alerté
a mamá, cuando regresó de forma
repentina en mitad de la tarde, pero era
una día muy caluroso y estaba demasiado
cansada para escucharme.

—Si estoy fuera de casa no hago más
que comprar cosas —dijo—. Prefiero
enfrentarme a Angus Flint que al
director del banco.

Y vaya si compraba cosas. Aquella
semana había comprado dos horrendas

mesas de tres patas para el salón, unas
ocho estanterías y cuatro alfombras
enrolladas. Nuestra casa empezaba a
parecer una tienda de muebles antiguos.

Angus Flint oyó que volvía mamá. Se
fue corriendo hacia ella esbozando una
sonrisa radiante.

—¿No crees que hace un día
estupendo, Margaret? ¿Qué te parece si
os llevo a los chicos y a ti a tomar un té?

Mamá accedió sin pensárselo dos
veces. Era la primera vez que Angus Flint
invitaba a algo. Los chicos comenzaron a
soñar con helados y pastelitos de crema.

Yo sabía que había gato encerrado, pero
hacía un día perfecto para salir a tomar
té al aire libre, y pensé que al menos
debíamos sacarle eso a Angus Flint como
compensación por tanto sufrimiento. Así
que nos apretujamos en el interior de su
coche. Angus Flint conducía tal y como
cabría esperar: a toda castaña. Tocaba el
claxon sin parar, adelantaba a todo el que
podía —especialmente en los cruces— y
creía que las ancianas debían apartarse
de un brinco como si fueran ciervos para
que no las atropellara. Mamá propuso
que fuéramos a La Tetera de Cobre. Tony

habló de otra tetería que tenía mejores
tartas. Pero Angus Flint insistía en
que había visto «un lugar encantador»
cuando venía de camino para quedarse
en nuestra casa.

Dimos tres vueltas completas a la ciudad
buscando ese lugar encantador, a toda
velocidad. Llegados a ese punto ya nos
habían maldecido en todas y cada una de
las calles. Al cabo de un rato decidimos
avisarle cada vez que veíamos una cafetería,
la que fuera, pero Angus Flint decía:

—No podemos parar aquí —y pisaba
el acelerador.

Al cabo de casi una hora, cuando
Pip estaba al borde de la desesperación,
entramos envueltos por el rugido del
motor en Palham, que es un pueblo
situado a unos cinco kilómetros de la
ciudad. Había un local llamado La Vieja
Tetería con unas sombrillas de rayas.
Para entonces ya se nos habían quitado
las ganas de tomar té. Ni siquiera nos
molestamos en avisarle de que había
una cafetería. Pero Angus Flint detuvo
en seco el coche, haciendo chirriar
los frenos.

—Creo que esta puede servir —dijo.

Salimos en tropel del vehículo y nos sentamos debajo de una de las sombrillas.

—Y bien, ¿qué queréis tomar? —dijo Angus Flint.

Dejamos escapar un suspiro y pedimos cinco tés con leche, con tostadas de crema y mermelada. Nos quedamos esperando, con muchas ganas por probar la crema y los pasteles. Teníamos la sensación de que nos habíamos ganado más que de sobra esos tés.

—Me he presentado a un puesto de trabajo en vuestra ciudad, Margaret.

Mañana es la entrevista —dijo Angus
Flint—. Tu marido tuvo la amabilidad de
decir que podría quedarme a vivir con
vosotros. ¿No te parece una gran idea?

Nos quedamos patidifusos. ¿Papá
había dicho eso?

—Va a volver Cora —dijo mamá—.
No nos queda sitio.

—Eso no es problema —dijo Angus
Flint—. Basta con que las chicas
compartan habitación.

—¡No! —dije. Si conocierais a Cora...

—Os pagaré —bromeó Angus
Flint, en un intento por suavizar el

ambiente—. Una cifra simbólica... ¿Qué tal una libra al mes?

Mamá se mantuvo firme, lo cual me alivió muchísimo.

—No, Angus. Está fuera de toda discusión. Tendrás que marcharte en cuanto regrese Cora.

Angus Flint no respondió. En lugar de eso, se puso en pie con un brinco.

—Tengo que ir un momento a ver a alguien —dijo—. No tardaré mucho. No me esperéis.

Volvió a meterse en el coche y arrancó antes de que pudiéramos reaccionar.

Capítulo cinco

Casi al momento, nos trajeron los cinco tés y las tostadas. Fue una venganza perfecta.

Mamá no se podía creer que Angus Flint fuera a dejarnos tirados. Nos

bebimos el té y nos comimos las tostadas.
Pasado un rato, mamá dejó que los chicos
se comieran también la ración de Angus
y dijo que ya le pediríamos otra cuando
regresara. Cuando vinieron con la
cuenta, dijo que estábamos esperando a
un amigo, que se encargaría de pagar.

Media hora más tarde, los camareros
empezaron a mirarnos mal.

Media hora después de eso, retiraron
las sombrillas y pusieron las sillas encima
de las mesas a modo de indirecta.

Poco tiempo después, vinieron
a pedirnos que pagáramos. Dejaron

muy claro que sabían que estábamos intentando engañarlos. Se negaron a aceptar el cheque que mamá les ofreció a la desesperada. Tuvimos que rebuscarnos en los bolsillos y vaciar el bolso de mamá encima de la mesa, y aun así nos faltaban dos peniques. Nos los perdonaron, pero a regañadientes. Se quedaron mirándonos con cara de pocos amigos cuando nos marchamos. Mamá casi se muere de vergüenza.

Tuvimos que regresar andando a casa. Aún hacía calor. A Tony no le gusta andar, así que empezó a quejarse. A Pip

le salió una ampolla y también empezó a
quejarse. Mamá iba gruñendo mientras
yo refunfuñaba en voz baja. Estábamos
de un humor de perros cuando
atravesamos el caminito del jardín e
irrumpimos en casa. Sabíamos que
Angus Flint estaría allí plantado, apoyado
sobre la cabeza encima de la alfombra del
vestíbulo, para recibirnos.

—¡Esta vez no pienso cortarme
aunque tenga que hablar con sus
calcetines! —dije.

Pero la persona que estaba plantada en
el vestíbulo era papá. Estaba del derecho,

claro, y preguntándose dónde nos habíamos metido. Mamá se fue directa a por él, hecha una fiera.

—¿Has tenido el descaro de decirle a Angus Flint que podía quedarse a vivir con nosotros? Como sea así...

Sentí lástima por mi padre.

Papá admitió que, con el entusiasmo del reencuentro, era posible que hubiera dicho algo así, pero que... ¡Ay, cielos! Nunca había visto a mamá echarle la bronca a nadie como lo hizo entonces con papá. Yo no podría hacerlo ni la mitad de bien. Ni siquiera lo consiguió

Cora, cuando interpretó el papel de maestra malvada en la función del colegio.

Después de eso, durante el hermoso y apacible rato que quedaba de tarde, pensamos que Angus Flint se había ido para siempre. Mantuvimos cerrada la ventana, tocamos el piano, vimos en la tele lo que nos dio la gana y conseguimos animar a papá jugando con él a las cartas. Estábamos inmersos en una felicidad plena cuando Angus Flint regresó. Supongo que era consciente de que le echaríamos la bronca por dejarnos

tirados, así que vino acompañado de
una amiga para asegurarse de que no la
emprendiéramos contra él.

La amiga era una completa
desconocida. Imagino que la eligió por
su enorme sonrisa, sus gafas y su risita.

—Enseñadle a jugar a las cartas
—dijo Angus Flint—. Es una chica muy
inteligente.

No lo era. Pero tampoco Angus Flint,
en lo que respecta a las cartas. ¿Alguna
vez has jugado con alguien que se tira
pensando veinte minutos antes de echar
una carta, y cuando lo hace saca la carta

equivocada? Angus Flint también jugó
los turnos de su amiga, pese a que a ella
se le daba un poco mejor que a él. Nos
fuimos a la cama después de la primera
partida. Pero Angus Flint no llevó a
su amiga a su casa hasta bien pasada la
medianoche. Lo sé porque cuando lo
hizo volví a oír a mamá soltar culebras
por la boca.

Angus Flint regresó a las tres y me
despertó aporreando la puerta principal.

Cuando fui a abrir, dijo:

—¿Es que no me has oído llamar?
Podría haberme muerto aquí fuera.

83

—¡Ojalá hubiera sido así! —dije, y me fui corriendo al salón antes de que pudiera agarrarme por el pelo.

Travieso andaba por ahí. Inquieto, se arrastró desde debajo del piano para que lo acariciara.

—*Travieso* —dije—, ¿dónde están tus instintos? ¿Por qué no le pegas un mordisco a Angus Flint?

Entonces pensé que yo tampoco me atrevería a pegarle un mordisco a Angus Flint, y me sentí tan desdichada que empecé a dar vueltas sin rumbo por la habitación. Les di unas palmaditas a las

sillas y a las mesas, las pobres, tan feas
y tan incómodas, y también acaricié al
piano.

—¡Sillas! —dije—. ¡Defended
vuestros derechos! Angus Flint no hace
más que meterse con vosotras.

—¡Mesas! —dije—. ¡Angus Flint
ha dicho que habría que quemaros!
Piano: Angus Flint le dijo a mamá que te
vendiera. ¡Haced algo! ¡Mobiliarios del
mundo, uníos!

Les solté un discurso muy emotivo
sobre los derechos de los muebles
oprimidos, y aquello me hizo sentir

mucho mejor. No es que creyera que fuera a servir de nada, pero de todas formas me pareció una gran idea.

Capítulo seis

A la mañana siguiente, Angus Flint se comió mi desayuno como de costumbre, y mamá y papá salieron juntos para hacer las paces. ¡Volvieron a dejarnos a solas con Angus Flint!

Al menos aquella tarde echaban algo
«muy trascendental» en la tele. Nunca
había oído que las carreras de caballos
fueran trascendentales, pero al menos
nos aseguraban veinte minutos de
tranquilidad. Me puse a ensayar un poco.
El piano sonaba de maravilla. Mi canción,
que recordaba a unos elefantes bailando,
estaba empezando a mejorar; los elefantes
se habían reducido de tamaño y ahora
sonaban como unos simples galápagos
bailarines, cuando de pronto se abrió de
golpe la puerta. Supe que era Angus Flint
y me escabullí hacia un lugar seguro.

Estaba de muy mal humor. Supongo que su caballo había perdido. Mientras me arrastraba desde debajo del piano, Angus se sentó ante él, gruñendo, y empezó a marcar el ritmo de una canción. Me sorprendió que conociera el procedimiento para tocar un piano. Eso sí, tocaba fatal. *Travieso* comenzó a gemir desde debajo del armario.

Angus Flint golpeó el teclado con ambas manos, produciendo un tintineo.

—Este piano es un asco —dijo—. Tiene una sonoridad malísima y hace falta afinarlo.

Mentira podrida. No me extraña
que se mosqueara el piano. Sus cuartos
traseros, negros y arqueados, se
estremecieron, y pegó un pisotón en
el suelo con una de sus achaparradas
patas delanteras. Después cerró de golpe
la tapa del teclado sobre los dedos de
Angus Flint. Ahora entiendo por qué
mamá lo consiguió por solo 100 libras.
Angus Flint consiguió sacar los dedos y
soltó un alarido tan fuerte que Pip y Tony
vinieron a ver qué ocurría.

Cuando llegaron, las dos feas
mesitas nuevas se estaban acercando

sigilosamente a Angus Flint para atacarlo
por sorpresa, apoyando cuidadosamente
sus tres patitas sobre la alfombra. Angus
Flint vio a una de ellas por el rabillo
del ojo y se dio la vuelta para lanzarle
la Mirada. La mesa se quedó quieta,
disimulando, pero el taburete del piano
giró sobre sí mismo y tiró a Angus Flint
al suelo. Me pareció una muestra de
lealtad por su parte, ya que si no me
equivoco fue el único mueble que no
había sufrido los insultos de Angus Flint.
Y mientras Angus Flint estaba tirado
en el suelo, la silla del despacho echó a

rodar e hizo cuanto estuvo en su mano
por atropellarlo. Angus Flint se apartó
de su trayectoria, soltando un
alarido. De inmediato, la
estantería más cercana
le descargó encima
una lluvia de libros.
Mientras intentaba
reincorporarse,
el piano bajó su
atril y embistió.
No me extraña
que Angus Flint
se sintiera

aterrorizado. El piano estaba haciendo
rechinar sus teclas, como si fueran
dientes, y lo pateaba con sus pedales
mientras resoplaba por los agujeros del
atril. Comenzó a perseguir a Angus Flint
por toda la habitación sobre sus tres
ruedecillas de latón, como si fuera un
toro enfurecido. Los demás muebles se
sumaron también al ataque. Las mesas
se interponían a su paso, y las sillas
lo arrinconaban contra las barricadas
formadas por otras sillas. Pero siempre
le dejaban una vía de escape cuando el
piano embestía, para que así pasara más

miedo. En ningún momento intentaron hacernos daño a los chicos ni a mí.

Me refugié en una esquina para contemplar el espectáculo. El piano era un auténtico experto. Primero se abalanzaba sobre Angus Flint. Cuando este se echaba desesperadamente a un lado, se detenía en seco y cerraba de golpe la tapa a escasos centímetros de su trasero. Después se daba la vuelta y reiniciaba la persecución más deprisa de lo que habría creído posible. Angus Flint corrió y corrió por el salón, con el piano pisándole los talones, y cuando los chicos

tuvieron que apartarse de la puerta, una
de las estanterías nuevas se movió para
bloquear la salida, dejando así atrapado a
Angus Flint.

—¿Por qué no haces algo? —me
gritaba una y otra vez, pero yo me limité
a reírme.

La razón por la que los chicos habían
tenido que apartarse de la puerta era
porque la mesa del comedor había oído
el jaleo y quería unirse. El problema
era que tenía las alas desplegadas, así
que era demasiado ancha como para
entrar a través de la puerta. Se quedó

en el umbral, haciendo repiquetear sus
patas y dando golpes, furiosa, para que
alguien viniera en su ayuda. Tony y Pip
se apiadaron de ella y le plegaron las alas.
Entonces la mesa atravesó el vestíbulo a
toda prisa, echó a un lado a la estantería
y se lanzó a perseguir a Angus Flint
por el salón, batiendo las alas como si
fuera un enorme pájaro enfurecido. Y
ella no tenía intención de jugar al ratón
y al gato como había hecho el piano.
Estaba decidida a atrapar a Angus Flint,
que aullaba como nunca al ver que se le
acababan las opciones de escapar.

Pensé que había llegado el momento de llevar el espectáculo a la calle. Me abrí camino pegándome a las paredes, entre el amasijo de sillas y mesas que rodaban a mi alrededor, y abrí la ventana.

Angus Flint dijo a gritos que yo era una buena chica —lo cual me molestó— y se dirigió hacia aquella abertura como un murciélago emergiendo del infierno. Pensé en hacerle la zancadilla cuando llegó hasta la ventana. No quería que partiera con demasiada ventaja. Pero la alfombra me ahorró el trabajo cuando levantó una de sus esquinas a su paso.

Angus Flint se cayó de bruces, con la mitad del cuerpo en la habitación y la otra mitad en el jardín. Tanto el piano como la mesa del comedor se lanzaron sobre él. Angus Flint se puso en pie como pudo y salió disparado. Nunca había visto a nadie correr tan rápido.

La mesa salió disparada detrás de él, pero al piano se le enganchó la ruedecilla de atrás en el alféizar. No debe de ser fácil correr cuando solo tienes una pata trasera.

Me acerqué a ayudar al piano, pero el fiel taburete y mi silla favorita llegaron primero y lo liberaron. El piano se

encogió por la parte delantera, atravesó
rápidamente el jardín y salió a la
carretera para seguir la pista del fugitivo
Angus Flint. Las sillas y las mesas
también salieron al exterior, cabeceando
y avanzando a trompicones, pero con
mucho brío. El último en salir fue
Travieso, que ladraba como si estuviera
llevando todo el peso de la persecución.

No sé qué pensaría la gente que había
por el vecindario. La mesa del comedor
chocó contra una farola a mitad de la
calle y se retiró de la persecución. Pero
el piano había alcanzado una asombrosa

velocidad y le estaba pisando los talones a
Angus Flint mientras corría como un loco
hacia la siguiente calle. Después de eso,
los perdimos de vista. Nos llevó mucho
trabajo recoger las sillas y las mesas
exhaustas que estaban desperdigadas por
toda la calle. El taburete del piano solo
había conseguido llegar hasta la verja del
jardín, y mi silla favorita se había roto
una rueda al salir por la ventana. Tuvimos
que llevarlos en brazos de vuelta a casa.
También había mucho que ordenar en el
interior, con todos esos libros, alfombras
e incluso la cama de Cora.

La cama de Cora, que probablemente
había sido el mueble más insultado
de la casa, también había hecho todo
lo posible por atrapar a Angus Flint.
Había conseguido sacar la mitad del
cuerpo por la puerta de la habitación
y entonces se quedó atascada. Nos
costó muchísimo volver a meterla en
el dormitorio. Acabábamos de lograrlo,
y estábamos intentando remendar con
las pocas fuerzas que nos quedaban la
mesa del comedor —que desde entonces
no ha vuelto a ser la misma—, cuando
escuchamos unos golpes secos y agudos

que procedían del salón. Llegamos a
tiempo para ver cómo el piano se metía
a duras penas a través de la ventana y
se colocaba en su sitio habitual. Parecía
agotado, pero satisfecho.

—¿Creéis que se lo habrá comido?
—preguntó Pip, contento con esa
posibilidad.

El piano no dijo nada. Pero no lo había
hecho.

Mamá y papá regresaron, y estábamos
tomando alegremente una taza de té
cuando de repente Angus Flint bajó
a toda prisa por las escaleras. Debió

103

de haber trepado por la cañería para
no volver a encontrarse con el piano.
Sospecho que la cama de Cora se alegró
bastante de verlo.

—Me marcho —dijo Angus Flint.

¡Aquello fue música para nuestros
oídos! Se fue derechito hacia su coche,
cargado con su maleta. Todos nos
acercamos para darle una educada
despedida... o un educado hasta nunca,
como dijo Tony.

—Me lo he pasado de maravilla
—dijo Angus Flint—. Aquí tienes tu
pelota, Pip.

Le entregó una cosa naranja y espachurrada. Era la pelota de Pip, pero estaba pinchada.

—Y esto es para ti —le dijo a Tony, entregándole un puñado de trozos de plástico rotos.

Después me dijo a mí:

—Aquí tienes tus papeles —me devolvió una hoja de mi propio cuaderno. ¡Una hoja! Y cuando me lo quitó, el cuaderno estaba sin estrenar.

—Espero que la cama de Cora te pegara un buen mordisco —le dije con voz inocente.

Angus Flint me lanzó la Mirada por
ese comentario pero, por alguna razón,
no resultó tan convincente como de
costumbre. Después se metió en el coche
y se marchó. Se marchó de verdad y no
regresó. Nos pusimos a dar gritos de
alegría.

Desde entonces hemos estado muy
tranquilos. Mamá se planteó vender las
mesas nuevas, pero no se lo permitimos.
Son nuestras leales amigas. En cuanto
al piano, bueno, Pip ha decidido que
ya buscará otra cosa en la que ser un
genio. Su excusa para dejar las clases

fue que, a causa de su dentadura postiza, la señora Hawksmoore le cubría las manos de escupitajos mientras le estaba enseñando. Y era cierto. Pero la verdadera razón era que le daba miedo el piano. A mí no. Lo quiero incluso más que a ese cobarde de *Travieso*, y estoy decidida a practicar y practicar hasta que aprenda a tocarlo como se merece.

El Hombre
Asiento

Capítulo uno

Lo que le ocurrió a la vieja butaca de rayas fue culpa de la tía Christa.

La vieja butaca llevaba colocada frente al televisor desde que Simon y Marcia tenían uso de razón. Por lo que ellos

sabían, el cojín que tenía en la parte
superior siempre había estado torcido
y nunca había sido una butaca cómoda
para sentarse. El asiento era demasiado
pequeño para papá y demasiado bajo para
mamá y demasiado alto para Simon o
Marcia. Los brazos estaban deformados
de tanto ponerles cosas encima. Tal vez
por eso hubiera una mancha de café en
un brazo y un borrón de tinta en el otro.
Había otra mancha pegajosa y de color
marrón en el asiento, allí donde Simon y
Marcia se habían peleado una vez por un
bote de kétchup. Y de repente, una tarde,

se produjo un desgarrón en el cojín
torcido de la parte superior. El extraño
material que formaba el relleno de la
butaca comenzó a rezumar, hasta crear
un arbusto erizado de color marrón.

—A la butaca le ha salido barba —dijo
Simon.

—Es como si alguien le hubiera
estampado un erizo encima —dijo Marcia.

Papá se levantó y se quedó mirándola.

—Vamos a librarnos de ella —dijo—.
Al fin y al cabo, nunca me ha gustado.
¿Sabéis qué? Podríamos sentar en ella
al muñeco de Guy durante la noche de

Guy Fawkes. Podríamos hacer una fogata magnífica.

A Marcia le pareció una gran idea. Ahora que lo pensaba, a ella tampoco le había gustado nunca esa butaca. El estampado a rayas de color morado, naranja y azul claro no pegaba con nada de lo que había en la habitación. Simon no estaba tan convencido. Siempre había sentido mucho apego por las cosas de la casa, y aquella butaca llevaba toda la vida con ellos. Pensó que sería una lástima quemarla en una fogata y se alegró cuando mamá se opuso a hacerlo.

—¡Pero, hombre, no podéis tirarla!
—dijo mamá—. ¡Tiene mucha personalidad!

—Pero está hecha polvo
—dijo papá—. Ya era vieja cuando la compramos. Ahora podemos permitirnos comprar una mucho más bonita.

Se pusieron a discutir sobre ello, hasta que Simon comenzó a sentir lástima por la vieja butaca e incluso Marcia se sintió un poco culpable por querer quemar un mueble que era lo suficientemente antiguo como para tener personalidad.

—¿Y por qué no la vendemos?
—preguntó mamá.

—¡No empieces! —dijo papá—. Ni siquiera en la tienda de segunda mano querrían un trasto viejo y mugriento como...

En ese momento, llegó la tía Christa. En realidad la tía Christa no era tía de nadie, pero le gustaba que todo el mundo la llamara así. Como de costumbre, entró corriendo a través de la cocina, cargada con tres bolsas de la compra y una caja de cartón, mientras gritaba: «¡Yujuuu! ¡Soy yo!». Cuando llegó al salón, se dejó caer sobre la butaca de rayas para recuperar el aliento.

—No me ha quedado más remedio que entrar. Voy de camino al salón comunitario, pero los pies me están matando. Llevo toda la tarde recogiendo obsequios para la fiesta de la Asociación de Niños Desfavorecidos del próximo sábado. ¡Menuda caminata me he pegado! Pero no os creeríais los maravillosos regalos que me ha dado la gente. Mirad.

Plantó la caja de cartón encima del brazo de la butaca —era el brazo con el borrón de tinta— y sacó un osito de peluche de color verde chillón de una

de sus bolsas de la compra. Comenzó
a menear el osito ante la mirada de la
familia.

—¿No es encantador?

—Así, así —dijo papá, y Marcia asintió—. Tal vez quedaría mejor sin el lazo rosa.

Simon y mamá eran demasiado educados como para decir nada.

—¡Y aquí hay un precioso tren eléctrico! —dijo la tía Christa, que volvió a meter el osito en la bolsa y sacó una locomotora rota—. ¿No os parece emocionante? No me va a dar tiempo a enseñároslo todo; enseguida me tengo que ir a elegir la música para el baile de jubilados, pero creo que tengo el tiempo justo para una taza de té.

—Ya, claro —se lamentó mamá.

—Enseguida te la traigo —añadió antes de salir disparada hacia la cocina.

A la tía Christa se le daba bien dar órdenes. Era una mujer muy ocupada. No importaba el tipo de evento que se celebrara en el salón comunitario (ya fuera una discoteca para el club juvenil, un concurso de disfraces para niños, escuelas caninas, comedores sociales para personas sin hogar o un mercadillo de segunda mano), la tía Christa siempre se aseguraba de estar en medio del meollo, diciéndole a la gente lo que

tenía que hacer. Normalmente estaba
demasiado ocupada como para escuchar
lo que decían los demás. Mamá decía que
la tía Christa era admirable, pero papá
solía murmurar «bla, bla, bla» cuando la
tía Christa estaba hablando.

—Bla, bla —murmuró papá mientras
la tía Christa seguía sacando trastos de
sus bolsas y diciendo lo maravillosos que
eran esos obsequios.

La tía Christa había terminado con
todas las cosas que llevaba en las bolsas
y estaba girándose hacia la caja que
había sobre el brazo de la butaca, cuando

mamá regresó a toda prisa con el té y las galletas.

—¡Té! —dijo la tía Christa—. ¡Nunca falta una buena taza de té en esta casa!

Se dio la vuelta alegremente para coger el té. A su espalda, la caja resbaló y se cayó sobre la butaca.

—No importa —dijo la tía Christa—. Enseguida os enseño lo que hay dentro. Simon y Marcia se pondrán como locos. ¡Ay, casi me olvido! Tenemos que cambiar el lugar para el desayuno de la Asociación de Auxilio a África del sábado porque los miembros del club de

filatelia necesitan el local. He pensado que podemos venir aquí. No tendrás problema en preparar café y tarta para veinte personas el sábado, ¿verdad? —le preguntó a mamá—. Marcia y Simon pueden echarte una mano.

—Pues... —titubeó mamá, mientras papá ponía cara de susto.

—De acuerdo, entonces —dijo la tía Christa, que rápidamente cambió de tema.

Papá, Simon y Marcia intercambiaron una mirada sombría. Sabían que estaban condenados a pasarse la mañana del

sábado repartiendo tartas y tratando
de aplacar a mamá cuando perdiera los
nervios. No imaginaban que sería aún
peor que eso.

—Jamás adivinaréis lo que hay en
la caja —dijo la tía Christa, mientras
alargaba alegremente su taza para que
le sirvieran más té—. Vamos a hacer un
concurso. El que no lo acierte tendrá
que venir a ayudarme en la fiesta de la
Asociación de Niños Desfavorecidos el
sábado por la tarde.

—Me parece que el sábado no vamos a
po... —intentó decir papá.

—¡Sin rechistar! —exclamó la tía
Christa— ¡Hay que ver cómo es la gente,
siempre tratando de escaquearse de hacer
buenas acciones! Tenéis una oportunidad
cada uno. Y os daré una pista: la caja me
la ha dado el viejo señor Pennyfeather.

Teniendo en cuenta que el señor
Pennyfeather era el dueño de la tienda de
segunda mano, podría haber cualquier cosa
en aquella caja. Todos se estrujaron los sesos.

A Simon le pareció escuchar un
repiqueteo cuando la caja se deslizó
sobre la butaca.

—Es un juego de té —aventuró.

A Marcia le había parecido oír un chapoteo dentro de la caja.

—Es un pez en una pecera —dijo.

Mamá pensó en algo que pudiera ser un buen obsequio y probó a decir:

—Son muebles para una casa de muñecas.

Papá pensó en la clase de cosas que solía haber en la tienda del señor Pennyfeather y dijo:

—Son piezas mezcladas de varios puzles.

—¡Lo que pensaba! ¡Habéis fallado todos! —dijo la tía Christa antes de que papá hubiera terminado de hablar.

Se puso en pie con un brinco y volvió a dejar la caja sobre el brazo de la butaca—. Es un viejo kit de magia. Mirad. ¿No os parece emocionante?

Sostuvo en alto un enorme sombrero de copa de color negro que tenía dentro una reluciente bola azul.

El sombrero estaba goteando, pero no quedó muy claro si aquel líquido era agua o cualquier otra cosa.

—Ay, cielos —dijo la tía Christa—. Me parece que la bola de cristal tiene una fuga. Ha dejado un buen charco en vuestra butaca.

Un líquido oscuro se estaba
extendiendo por el asiento, mezclándose
con la vieja mancha de kétchup.

—¿Seguro que no se te ha derramado
el té? —preguntó papá.

Mamá lo miró con severidad.

—No te preocupes —dijo—. De
todas formas, teníamos pensado tirarla.

Estábamos hablando de ello cuando llegaste.

—Ah, entonces perfecto —dijo alegremente la tía Christa.

A continuación volvió a rebuscar en la caja.

—Mirad, esta es la varita mágica —dijo mientras sacaba un palito blanco que iba envuelto en un cordel repleto de banderitas—. Hagamos desaparecer esta desagradable humedad para que pueda sentarme de nuevo.

Dio unos golpecitos en el charco de la silla con el palo.

—¡Listo!

—El charco sigue ahí —dijo papá.

—Me ha parecido oír que teníais
pensado tirar este trasto horrendo
de todas formas —dijo la tía Christa,
enojada—. ¡Debería daros vergüenza
invitar a alguien a desayunar y pedirle
que se siente en una butaca como esta!

—En ese caso —dijo papá,
educadamente—, no te importará
ayudarnos a sacar la butaca a la caseta del
jardín.

—Me encantaría, por supuesto —dijo
la tía Christa, que metió rápidamente el

sombrero y el palito en la caja, y recogió sus bolsas—, pero debo irme ya. Tengo que hablar con el párroco antes de ir a elegir la música. Os veré pasado mañana en la fiesta de la Asociación de Niños Desfavorecidos a las cuatro y media. ¡No os olvidéis!

Simon y Marcia conocían bien esa faceta de la personalidad de la tía Christa. Siempre estaba ocupada, pero siempre eran los demás los que hacían el trabajo sucio.

Capítulo dos

Ahora que mamá le había dicho a la tía Christa que iban a tirar la butaca, quería hacerlo de inmediato.

—Mañana iremos a comprar otra después del trabajo —le dijo a papá—.

Una bonita de color azul, diría yo, para que pegue con las cortinas. Y vamos a sacar esta de aquí. Estoy harta de verla.

Hizo falta el esfuerzo combinado de los cuatro para llevar la butaca a través de la cocina hasta la puerta trasera, y por el camino derribaron la mayor parte de las sillas de la cocina. Durante la siguiente media hora fueron incapaces de hacerla pasar a través de la puerta trasera. Daba igual de qué modo la girasen, siempre se quedaba encajada. Simon estaba harto. Era como si la butaca estuviera intentando impedirles que la tirasen.

Al fin consiguieron sacarla al jardín.
Sin darse cuenta, mientras la llevaban
a cuestas a través del jardín, derribaron
la parte superior del nuevo reloj solar
de mamá y aplastaron un rosal. Después
tuvieron que ponerla de costado para
poder meterla dentro de la caseta.

—Listos —dijo papá, cerrando la
caseta con un portazo y sacudiéndose el
polvo de las manos—. Ahí se queda hasta
el día de Guy Fawkes.

Se equivocaba, claro.

Al día siguiente, Simon y Marcia
tuvieron que ir a pedir la llave a casa

del vecino para poder entrar, porque mamá se había marchado directamente desde el trabajo para reunirse con papá y comprar una butaca nueva. Verse solos en la casa vacía les produjo un nudo en el estómago. El salón no parecía el mismo con ese espacio vacío donde solía estar la butaca. Y ninguno de lo dos podía olvidar que se iban a pasar el sábado entero ayudando a la tía Christa en sus planes.

—Repartir tartas puede ser divertido —dijo Simon, sin convicción.

—Pero ayudar en la fiesta, no —dijo Marcia—. Nos tocará hacer todo el

trabajo. ¿Por qué no habremos adivinado lo que había en la caja?

—¿Y qué es eso de niños desfavorecidos? —preguntó Simon.

—Creo —dijo Marcia— que son los que tienen que ir a pedir la llave después del colegio y quedarse solos en casa.

Se quedaron mirándose.

—¿Crees que nosotros contamos? —dijo Simon—. Me refiero a si podríamos optar a conseguir un obsequio. No me importaría llevarme el kit de magia. Venía con un sombrero de

copa de verdad, así que no importa que la bola de cristal pierda agua.

En ese momento, repararon en unos ruidos sordos que procedían de algún rincón del jardín. De repente les pareció que quedarse solos en casa no era tan seguro como pensaban.

—Será el vecino, que está colgando cuadros otra vez —dijo Marcia con valentía.

Pero cuando se acercaron cautelosamente a escuchar desde la puerta trasera, no quedó ninguna duda de que el ruido procedía de la caseta del jardín.

—Será el perro del vecino, que ha vuelto a quedarse encerrado en la caseta —dijo Simon. Era su turno de mostrar valentía.

A Marcia le daba miedo el perro del vecino. Se quedó rezagada mientras Simon atravesaba el jardín y empezaba a tirar y tirar de la puerta de la caseta hasta que consiguió abrirla.

No era un perro. Había un hombre en el interior de la caseta. El hombre se quedó mirándolos con la cabeza ladeada. Hacía ondear sus bracitos regordetes como si no estuviera seguro de qué hacer con ellos.

Soltaba sonoros bufidos y jadeos, como si no estuviera seguro de cómo respirar.

—Ejem —carraspeó, como si tampoco estuviera seguro de cómo hablar—, por lo visto me he quedado encerrado en vuestra caseta.

—Vaya, ¡cuánto lo siento! —dijo Simon, que no se explicaba cómo habría podido ocurrir.

El hombre hizo una humilde reverencia a modo de sumisión.

—Soy yo, ejem, quien lo, snif, siente —dijo—. Os he hecho, ejem, venir hasta aquí para sacarme.

Dicho esto, el hombre salió de la
caseta con paso torpe.

Simon retrocedió unos pasos,
preguntándose si aquel hombre
caminaría así porque no llevaba zapatos.
Era un hombre rollizo y corpulento,
con unas piernas gruesas y peludas.
Llevaba un curioso traje de una pieza
estampado a rayas que solo le llegaba
hasta las rodillas. Marcia retrocedió
hasta colocarse por detrás de Simon,
observando los brazos, cubiertos
también por el estampado a rayas, de
aquel hombre. Los ondeaba suavemente

mientras caminaba. Tenía
un borrón de tinta en
un brazo y lo que
parecía una mancha
de café en el otro.
Marcia dirigió
la mirada hacia
la prominente
barriga a rayas de
aquel hombre. A medida
que salía a la luz, pudo ver que las rayas
eran de color naranja, morado y azul
claro. Tenía una mancha húmeda sobre
el vientre, y otra oscura y pegajosa que

tal vez hubiera sido kétchup en algún momento. Dirigió la mirada hacia su rostro ladeado. De la barbilla de aquel hombre emergía una barba que parecía como si alguien le hubiera estampado un erizo encima.

—¿Quién eres? —preguntó Marcia.

El hombre se quedó quieto. Meneaba los brazos como si fueran algas movidas por la corriente.

—Ejem, soy el Hombre Asiento —carraspeó. Seguía con la cabeza ladeada y, por la expresión de su rostro, parecía muy orgulloso de ser quien era.

★
143 ★
★

Marcia y Simon se sintieron fatal, como era de esperar. Aquel hombre era la butaca. Lo habían metido en la caseta con la idea de encender una fogata con él. Y ahora había cobrado vida. Desearon más que nada en el mundo que el Hombre Asiento no supiera que habían tenido intención de quemarlo.

—¿Te apetece entrar? —dijo Simon, con cortesía.

—Es muy amable por tu parte —dijo el Hombre Asiento, con un humilde tono de sumisión—. Espero, ejem, snif, que no suponga una molestia.

—¡En absoluto! —exclamaron al unísono.

Se dirigieron hacia la casa.

Cruzar el jardín resultó ser una tarea complicada, porque el Hombre Asiento no parecía haber aprendido aún a andar correctamente, y no dejó de hablar en ningún momento.

—Creo que soy, ejem, el Hombre Asiento —dijo mientras chocaba contra lo que quedaba del reloj solar, que se vino abajo—, porque creo que lo soy. Snif. Ay, cielos, por lo visto he destruido vuestro pilar de piedra.

—No pasa nada —dijo Marcia con suavidad—. Ayer por la noche ya estaba roto cuando salimos a... Vamos, que ya estaba roto.

—Entonces, ejem, como iba diciendo —dijo el Hombre Asiento, girando bruscamente en la otra dirección—, según dicen los, snif, sabios: un hombre que piensa es un Hombre.

Se estrelló contra el manzano. La mayoría de las manzanas que papá tenía pensado recoger aquel fin de semana cayeron en tromba y rebotaron sobre la hierba.

—Ay, cielos —dijo el Hombre Asiento—, por lo visto os he tirado la fruta.

—No pasa nada —dijeron Simon y Marcia con amabilidad.

Pero en vista de que el Hombre Asiento, a pesar de mostrarse tan sumiso, no parecía muy preocupado por las manzanas y se limitó a seguir hablando y a caminar haciendo eses, cada uno le cogió por uno de sus ondeantes brazos y juntos lo guiaron hacia la puerta trasera.

—Solo las mejores, snif, manzanas —dijo el Hombre Asiento mientras chocaba contra el marco de la puerta—,

de los mejores, ejem, árboles frutales se utilizan en los pasteles de manzana de la Familia Smith. Esa es una de las muchas, snif, cosas que sé. Ejem, muy poca gente ha visto tanta televisión como yo —añadió, al tiempo que arrollaba la silla de cocina más cercana.

Marcia recogió la silla, pensando en las muchas, muchas veces que se había marchado del salón y se había olvidado de apagar la televisión. El Hombre Asiento, cuando era una butaca, debía de haber visto innumerables horas de anuncios y cientos de películas.

Simon hizo girar al Hombre Asiento y lo sentó en la silla de la cocina. El Hombre Asiento se mostró muy sumiso y agradecido.

—Me estáis, ejem, tratando con mucha amabilidad —dijo—, y yo os estoy causando un montón de, snif, molestias. Por lo visto necesito comer algo. No sé muy bien qué hacer al respecto. ¿Debo comeros, ejem, a vosotros?

—Te traeremos algo de comer —se apresuró a decir Simon.

—Comerse a la gente está mal —le explicó Marcia.

Se dieron prisa por encontrar algo de comida. Una lata de espaguetis pareció lo más sencillo, porque los dos sabían cómo prepararlos. Simon abrió la lata y Marcia la metió en una sartén con el fuego muy fuerte para que los espaguetis se calentaran lo antes posible. Los dos miraron de reojo al Hombre Asiento, nerviosos, por si acaso intentaba comerse a alguno de ellos. Pero el Hombre Asiento se quedó en su sitio, ondeando suavemente los brazos.

—Ejem, los sabrosos aperitivos de Spiggley —dijo—. La luz del sol recogida en una lata de conservas.

Cuando Marcia colocó el plato
humeante ante él y Simon dejó una
cuchara y un tenedor a cada lado, el
Hombre Asiento se quedó quieto,
contemplando el conjunto.

—Puedes comértelo —le dijo Simon
con tono afable.

—Ejem —carraspeó el Hombre
Asiento—, es que esto no es una comida
completa. Debo importunaros pidiendo
una servilleta, un salero y un pimentero.
Y creo que la gente suele, snif, comer a
la luz de las velas con música suave de
fondo.

Se apresuraron a llevarle la sal, el
molinillo de pimienta y una servilleta
de papel. Simon fue a buscar la radio y
la encendió. Estaban poniendo música
country, pero Simon puso el volumen
muy bajito con la esperanza de que
sirviera. Sentía tanta lástima por el
Hombre Asiento que quería agradarlo.
Marcia corrió al piso de arriba y cogió
los candeleros del tocador de su madre y
dos velas rojas de las últimas Navidades.
Se sentía tan culpable por el Hombre
Asiento que quería agradarlo tanto como
Simon.

El Hombre Asiento se mostró muy sumiso y agradecido. Mientras les decía lo amables que estaban siendo con él, cogió el molinillo y comenzó a picar pimienta sobre los espaguetis, plenamente concentrado en la tarea.

—Ejem, sin querer faltar al respeto a dos personas tan amables —dijo mientras molía la pimienta—, comerse a la gente es una costumbre milenaria.

Simon y Marcia se movieron rápidamente hacia el extremo contrario de la mesa. Pero el Hombre Asiento se limitó a coger el tenedor, formar un

nuevo montón con los espaguetis y
moler más pimienta encima.

—Había tribus en América, snif, del
Sur —dijo— que creían que era correcto,
ejem, comerse a sus abuelos. Tengo una
pregunta. ¿Spiggley es otra palabra para
referirse a los espaguetis?

—No —dijo Marcia—. Es el nombre
de una marca.

El Hombre Asiento formó un nuevo
montoncito con los espaguetis y siguió
echándoles pimienta molida.

—Cuando los, snif, abuelos
morían —dijo—, cocinaban a los

abuelos y la tribu entera se daba un festín.

Marcia recordaba haber oído algo así en la televisión.

—Yo también vi ese programa —dijo.

—Seguro que, ejem, no sabes esto —dijo el Hombre Asiento, que volvió a mover los espaguetis con el tenedor y espolvoreó encima una nueva nube de pimienta—. Solo los hijos y las hijas de los muertos tenían permiso para comerse sus cerebros —esta vez extendió todos los espaguetis y aderezó cuidadosamente cada milímetro de ellos con pimienta—.

Lo hacían así para que, snif, la sabiduría del muerto se transmitiera a su familia.

Llegados a ese punto los espaguetis estaban de color gris. Simon y Marcia no podían apartar los ojos de ellos. Debían de picar como demonios. Esperaban que de un momento a otro el Hombre Asiento fuera a estornudar, sobre todo teniendo en cuenta los problemas que parecía tener para respirar; sin embargo, siguió moliendo pimienta mientras explicaba más detalles sobre los caníbales.

Simon pensó que quizá el Hombre Asiento no supiera cómo comer.

—Se supone que debes meterte los
espaguetis en la boca —dijo.

El Hombre Asiento sostuvo en alto
el molinillo de pimienta y lo sacudió.
Estaba vacío. Así que al fin lo soltó y
agarró la cuchara. Parecía conocer el
procedimiento correcto para comer, pero

lo hacía muy mal, bufando y resollando, y de la boca le colgaban las puntas de los espaguetis. Un jugo grisáceo goteaba a través de su barba de erizo estampado y se extendía por su traje de rayas. Pero no pareció que la pimienta tuviera ningún efecto perjudicial sobre él. Simon estaba pensando que a lo mejor el Hombre Asiento no tenía papilas gustativas como la gente normal, cuando se abrió la puerta trasera y entraron papá y mamá.

—¿Qué ha pasado con lo que quedaba del reloj solar? —dijo mamá—. Os dejo solos un rato y...

Entonces vio al Hombre Asiento y se quedó callada, mirándolo.

—Chicos, ¿qué habéis hecho con las manzanas? —dijo papá.

Entonces vio al Hombre Asiento y también se quedó callado, mirándolo.

Capítulo tres

Tanto Simon como Marcia habían albergado cierta esperanza de que el Hombre Asiento se largaría cuando mamá y papá volvieran a casa, o que al menos

volvería a convertirse en una butaca.

Pero no ocurrió nada de eso. El Hombre Asiento se levantó e hizo una reverencia.

—Ejem —carraspeó—, soy el Hombre Asiento. Buenas, snif, tardes. Mamá dirigió la mirada hacia el borrón de tinta que tenía el Hombre Asiento en uno de sus ondeantes brazos, después hacia la mancha de café, y a continuación hacia la mancha húmeda que tenía en el vientre. Después se dio la vuelta y salió corriendo al jardín.

El Hombre Asiento ondeó los brazos como si fuera un director de orquesta.

—Soy yo quien os ha causado tantas molestias con las manzanas —dijo, con el tono más sumiso y humilde que pudo lograr—. Sois muy amables, ejem, por perdonarme tan rápido.

Era evidente que papá no sabía qué decir. Después de tragar saliva, le dijo con tono amistoso:

—Así que tienes pensado quedarte en el vecindario, ¿no es así?

Entonces mamá volvió corriendo a casa.

—La butaca ya no está en la caseta —dijo—. ¿Creéis que él podría ser...?

El Hombre Asiento se dio la vuelta hacia ella. Ondeó los brazos como si fuera un director de orquesta dando paso a mamá para que empezara a cantar.

—Tu, ejem, marido acaba de hacerme una proposición muy amable —dijo—. Estaré encantado de quedarme en esta casa.

—Pero... —titubeó papá.

—Ejem, ni qué decir tiene, snif —dijo el Hombre Asiento—, que no os causaré más molestias de las necesarias. Me bastará con, ejem, una buena cama y un televisor en mi habitación.

—Ah —dijo mamá. Era evidente que
ella tampoco sabía qué decir—. Bueno,
eh, veo que ya has cenado algo...

—Ejem, eres muy amable —dijo el
Hombre Asiento—. Me encantaría cenar
algo en cuanto fuera posible. Mientras
tanto, snif, una botella de vino sería,
ejem, bien recibida. Por lo visto tengo
una sed tremenda.

A Simon y Marcia no les sorprendió
que el Hombre Asiento tuviera sed
después de tomar tanta pimienta. Le
trajeron un cartón de zumo de naranja
y una jarra de agua antes de salir

corriendo a poner una cama plegable
en la habitación de Simon y preparar el
dormitorio de Marcia para el Hombre
Asiento. Marcia se dio cuenta de que
papá y mamá tenían la misma mezcla
de desconcierto y sentimiento de culpa
hacia el Hombre Asiento que ella.
Ninguno de ellos se terminaba de creer
que de verdad fuera su vieja butaca, pero
mamá puso sábanas limpias en la cama
y papá subió el televisor al cuarto de
Marcia. El Hombre Asiento parecía capaz
de conseguir que la gente cumpliera sus
órdenes.

Cuando volvieron al piso de abajo,
la puerta del frigorífico estaba abierta y
la mesa estaba cubierta de cartones de
zumo de naranja vacíos.

—Por, ejem, por lo visto me he
bebido todo el zumo de naranja —dijo
el Hombre Asiento—. Pero no me
importa beber limonada para variar.
Resulta que sé, snif, que tiene
azúcares añadidos que aportan mucha
vitalidad.

Se sentó a la mesa y comenzó a sorber
la limonada mientras Marcia ayudaba a
mamá a preparar la cena. Simon se fue a

buscar a papá, que se había refugiado tras
un periódico en el salón.

—¿Habéis comprado una butaca
nueva? —preguntó Simon.

—Sí —dijo papá—. Pero no hables
tan alto. Esa cosa de la cocina podría
ponerse celosa.

—¡Entonces crees que es la butaca!
—dijo Simon.

—¡No lo sé! —gruñó papá.

—Yo creo que sí lo es —dijo Simon—.
Siento mucha lástima por él. Debe de
ser duro empezar de repente a ser una
persona. Confío en que pronto aprenderá

a hablar y a respirar y a comportarse como una persona normal.

—Espero que tengas razón —dijo papá—. A mí me bastaría con que aprendiera a dejar de ondear los brazos de esa manera tan inquietante.

Para cenar, el Hombre Asiento se comió cinco pizzas y seis raciones de patatas fritas. Entre medias, se puso a ondear los brazos y dijo:

—Tengo, ejem, un gran apetito para mi tamaño, aunque no siempre necesito, snif, comer. Es una de mis rarezas. Si no es mucha molestia, ¿podrías darme

un poco de salsa bisto de la marca Mannings? Por lo visto me he comido todo el kétchup. Creo que voy a disfrutar, ejem, viviendo aquí con vosotros. Propongo que mañana vayamos a, ejem, dar una vuelta por Gales. Creo que debería ir a, snif, Snowdon y después visitar una mina de carbón.

—Lo siento, pero... —comenzó a decir papá.

—Ejem, entonces a Escocia —dijo el Hombre Asiento—. ¿O tal vez preferís alquilar un aeroplano y llevarme a Francia?

—Mañana no podemos ir a ningún lado —sentenció mamá—. Tenemos la fiesta de la tía Christa por la tarde, y el desayuno de la Asociación de Auxilio a África por la mañana.

El Hombre Asiento no pareció decepcionado en absoluto.

—Suena divertido. Resulta que sé, ejem, muchas cosas sobre África. No se puede negar que, snif, se hace muy poco por ayudar a África y al Tercer Mundo. De hecho, solo en Kenia...

Y comenzó a repetir palabra por palabra, mientras seguía sorbiéndose la

nariz, lo que habían dicho en la tele la noche anterior en un programa dedicado a África.

Simon y Marcia no tardaron mucho en hartarse. Se marcharon de puntillas al cuarto de Simon y se fueron a la cama pronto.

—Me parece que va a quedarse para siempre —dijo Simon.

—No tiene otro hogar —dijo Marcia mientras se contoneaba para meterse en la incómoda cama plegable—. Y, en cierto modo, lleva viviendo aquí desde hace años. ¿Crees que pudo ser el líquido

que goteó de la bola de cristal lo que le
dio vida? ¿O los toquecitos que le dio la
tía Christa con la varita? ¿O las dos cosas?

—A lo mejor ella podría cuidar
de él —dijo Simon con un atisbo de
esperanza—. Hace obras buenas y de
caridad. Alguien tendrá que enseñarle
todas las cosas que no salen en la
televisión.

Oyeron la voz del Hombre Asiento,
como un zumbido monótono que
provenía del piso de abajo. Era una
voz chillona, a medio camino entre un
balido y un rebuzno, como si fuera una

vaca acatarrada. Al cabo de una hora
o así, mamá y papá fueron incapaces
de soportarlo más. Simon y Marcia
los oyeron irse también temprano a la
cama. El Hombre Asiento los siguió al
piso de arriba, subiendo la escalera a
trompicones.

—Ejem... ¡ay, cielos! —rebuznó—. Por
lo visto he roto esta mesita.

A continuación escucharon el ruido
de unos pasos confusos y el sonido del
agua de un grifo. El Hombre Asiento
volvió a hablar, con aquella voz que
recordaba a un balido:

—Decidme, ejem, ¿es normal que el agua se extienda por todo el suelo del baño?

Oyeron a mamá correr hacia el baño y cerrar los grifos.

—Todavía le queda mucho por aprender —dijo Marcia, soñolienta.

—Ya aprenderá. Mañana estará mejor —dijo Simon.

Entonces se echaron a dormir. Aquella noche se produjo la primera helada del invierno. Se despertaron mucho antes de lo que esperaban porque hacía mucho frío. Por alguna razón sus mantas

parecían haberse vuelto demasiado
finas y se había formado una escarcha
blanquecina en el interior de la ventana
del dormitorio. Se quedaron mirándola
mientras les castañeteaban los dientes.

—Es la primera vez que veo algo así
—dijo Simon.

—Parece como si la ventana estuviera hecha de terciopelo. Sería hermoso si no hiciera tanto frío —dijo Marcia.

Mientras lo decía, oyeron gritar a papá desde el baño.

—¿Qué diantres le ha pasado a la caldera? ¡Se ha apagado!

Se oyeron los torpes pasos del Hombre Asiento por el pasillo.

—Ejem, por lo visto he pasado mucho frío esta noche —rebuznó—. Pero resulta que sé mucho sobre, snif, tecnología. He ajustado la caldera. El gas es la mejor opción para conseguir

un ambiente cálido y, snif, un mayor
ahorro.

—¡No es de gas, es de petróleo!
—rugió papá—. ¡Has desactivado el
sistema, tontaina!

—¿Petróleo? —dijo el Hombre
Asiento, que no parecía preocupado
lo más mínimo—. Ingeniería líquida.
Resulta que sé, ejem, que tanto el
petróleo como el gas proceden del
mar del Norte, donde las inmensas
plataformas petrolíferas...

Papá emitió un sonido gutural. Sus
pasos retumbaron mientras se dirigía

al piso de abajo. Se escucharon unos
ruidos metálicos y las voces de papá
soltando culebras por la boca. Al cabo
de un rato la casa volvió a estar caliente.
La escarcha de la ventana se replegó
hacia las esquinas y se convirtió en
agua.

Marcia miró a Simon. Quiso decir
que Simon era el que había dicho que el
Hombre Asiento estaría mejor hoy. Pero
pudo ver que Simon ya se había dado
cuenta de que seguía igual.

—¿Aún sigues pensando que acabará
aprendiendo? —dijo Marcia.

—Eso creo —dijo Simon, aunque sabía que llegados a ese punto tendría que esforzarse mucho para seguir sintiendo lástima por el Hombre Asiento.

Capítulo cuatro

El Hombre Asiento se comió cuatro huevos duros y cuatro paquetes de copos de trigo para desayunar. Se bebió la leche que quedaba entre sonoros sorbidos mientras les hablaba de las

plataformas petrolíferas y después de la construcción de barcos.

—Ejem —carraspeó—. Estudios en los astilleros han demostrado que menos del diez, snif, glub, por ciento de los barcos que se construyen ahora se bautizan con el nombre de la reina. Ay, cielos, por lo visto me he bebido toda la, ejem, leche.

Papá se levantó de un brinco.

—Iré a comprar más —dijo—. Hazme una lista con todo lo que quieras para desayunar y lo compraré también.

—¡Cobarde! —dijo mamá con amargura cuando papá se había

marchado con el encargo de comprar
diez paquetes de preparado para pasteles,
leche y galletas. Estaba agobiadísima.
Le dijo al Hombre Asiento que se fuera
al piso de arriba a ver la televisión. El
Hombre Asiento se mostró muy humilde
y sumiso, y se marchó diciendo que
sabía que estaba causando, ejem, muchas
molestias.

—¡Y más le vale no salir de allí! —dijo
mamá.

Le dijo a Simon que le ayudara en la
cocina y a Marcia que buscara veinte
sillas —que eran todas las sillas que

tenían en casa— y que las colocara en círculo en el salón.

—¡Y supongo que será mucho pedir que la tía Christa venga a echar una mano! —añadió mamá.

Y sí, era mucho pedir. Entonces apareció la tía Christa. Asomó la cabeza por la puerta trasera mientras Simon sacaba la sexta bandeja de pasteles del horno.

—No quiero interrumpir —dijo con tono alegre—. Tengo que irme corriendo al salón comunitario. No olvidéis que tenéis que venir a echar una mano en la fiesta de esta tarde.

Y dicho esto se marchó y no regresó hasta que mamá y Simon habían llenado diez platos con pasteles, mientras papá y Marcia hacían recuento de las tazas de café.

—¡Habéis hecho un buen trabajo! —dijo la tía Christa—. Deberíamos celebrar aquí las reuniones de Auxilio a África todas las semanas.

Papá soltó un gemido, pero después se contuvo y se quedó meditabundo.

Comenzó a sonar el timbre de la puerta. Llegaron un montón de ancianas honorables, un par de ancianos honorables, y finalmente el párroco. Cada

cual ocupó uno de los veinte asientos y charlaron tranquilamente mientras Simon y Marcia repartían galletas y pasteles, y mamá sirvió el café. Cuando todo el mundo tuvo una taza y un plato de dulces, el párroco carraspeó, de una forma similar a la del Hombre Asiento, pero ni mucho menos tan estridente.

—Ejem —dijo—, creo que deberíamos empezar.

La puerta se abrió entonces y entró papá en compañía del Hombre Asiento.

—¡Ay, no! —dijo mamá, fulminando a papá con la mirada.

El Hombre Asiento se quedó quieto, ondeando los brazos, y contempló a aquella gente honorable con una expresión vanidosa. Se había puesto los mejores zapatos de papá, marrones y relucientes, y las medias de fútbol de Simon, que no pegaban ni con cola con su traje de rayas. Aquella gente honorable se quedó mirando los zapatos, las medias, las piernas peludas que se extendían por encima, la mancha que tenía sobre la barriga a rayas y después la barba que parecía un erizo estampado. Incluso la tía Christa dejó de hablar y pareció un poco desconcertada.

—Ejem —carraspeó el Hombre Asiento, mucho más fuerte que el párroco—. Soy, snif, el Hombre Asiento. Son ustedes muy amables al haber venido, ejem, a conocerme. Esta buena gente —ondeó los brazos para señalar a papá y a mamá— ha tenido el honor de alojarme, pero no son más que gente simplona, necia e insignificante.

La sonrisa ligeramente vanidosa que había esbozado papá se desvaneció al oír eso.

—Yo estoy hecho para hablar, ejem, con gente importante —dijo el Hombre Asiento.

Cruzó a trompicones la habitación,
chocando con todo cuanto se encontró a su
paso. Las mujeres se apresuraron a apartar
las tazas de café de su camino. Se detuvo
frente al párroco y resopló con fuerza.

—¿Le importaría moverse? —dijo.

—¿Cómo dice? —dijo el párroco.

—Ejem, por lo visto está sentado en
mi sitio —dijo el Hombre Asiento—.
Soy el Hombre Asiento. Soy yo quien
debería hablar con, ejem, el gobierno. Yo
debería presidir esta reunión.

El párroco se levantó de la silla
como si se hubiera puesto al rojo vivo

y retrocedió. El Hombre Asiento se
sentó y miró con gesto solemne a su
alrededor.

—Café —dijo—, ejem, y pasteles. Y
mientras, el resto del mundo se muere de
hambre.

Todos los presentes se revolvieron en
su asiento y se quedaron mirando sus
tazas con gesto culpable.

En mitad del silencio, el Hombre
Asiento miró a mamá.

—Ejem —dijo—, quizá no te hayas
dado cuenta de que no me has dado,
ejem, café ni pasteles.

191

—¿Eso es lo que querías decir? —dijo mamá—. Pensaba que después de todo lo que has comido para desayunar...

—Lo que quería decir, ejem, es que estamos aquí para celebrar un festín y demostrar que al menos nosotros sí tenemos suficiente para comer —dijo el Hombre Asiento.

Mientras mamá servía de mala gana el café en la única taza que quedaba en la alacena, que además estaba agrietada, el Hombre Asiento se giró hacia la anciana más cercana.

—He decidido dejarme barba —dijo— para demostrar que soy, ejem,

importante. Así mi rostro parece más, snif, imponente.

La mujer se lo quedó mirando. La tía Christa dijo, alzando la voz:

—Hemos venido a hablar de África, señor Hombre Asiento.

—Ejem —carraspeó el Hombre Asiento—, resulta que sé mucho sobre África. El gobierno debería actuar para impedir que se extinga, ejem, el elefante africano.

—No teníamos previsto hablar de elefantes —intervino tímidamente el párroco.

—El, snif, gorila también es una especie amenazada —dijo el Hombre Asiento—. Y las manadas de ñus ya no son lo que eran en los tiempos del doctor Livingstone, supongo. La sequía afecta a muchos animales (por cierto, por lo visto ya me he bebido todo el café) y pronto se desatará una nueva hambruna.

Y siguió hablando, mezclando seis programas de televisión diferentes durante su perorata. El párroco no tardó en abandonar la idea de interrumpirlo, pero la tía Christa siguió intentando hacerse oír. Cada vez que intentaba hablar,

el Hombre Asiento soltaba un ¡EJEM! tan
fuerte que ahogaba sus palabras, y no hizo
ni caso de lo que decía. Marcia no pudo
evitar pensar que, después de tantos años
viviendo en el salón, el Hombre Asiento
debía de haber tomado buena nota de la
actitud de la tía Christa. Incluso había
llegado a superarla en lo que respecta a no
dejar meter baza a los demás.

Mientras tanto, el Hombre Asiento
no paró de comer pasteles y de pedir más
café. Desconcertados, aquellos honorables
invitados trataron de seguir el ritmo del
Hombre Asiento, lo que significó que

Simon y Marcia no pudieron parar de ir de un lado a otro llevando tazas y platos. Mamá estaba en la cocina horneando y llenando la cafetera sin parar, mientras mezclaba apesadumbrada un preparado de tarta tras otro.

Llegados a ese punto, a Simon le estaba costando mucho sentir alguna lástima por el Hombre Asiento.

—No sabía que te considerases tan importante —dijo cuando le llevó al Hombre Asiento otro plato de bollos humeantes.

—Hay que informar de esto, ejem, a Downing Street —dijo el Hombre

Asiento a los invitados, y se interrumpió a
sí mismo para dirigirse a Simon—. Eso es
porque, ejem, siempre trato de ser educado
con la gente, snif, insignificante como tú.
Permite que te haga sentir bien alabando
estos pasteles. Son, snif, muy tiernos y casi
como los que solía preparar mamá.

A continuación volvió a dirigirse a la
congregación, diciendo:

—Desde los tiempos de los faraones,
ejem, Egipto ha sido un lugar idóneo
para, snif, el misterio y la aventura.

Parecía que no habría nada capaz de
callarlo. Entonces sonó el timbre de la

197

puerta. Por desgracia, papá, mamá, Marcia
y Simon estaban en la cocina cuando
sonó, vertiendo los últimos restos de
preparado de pasteles en unos recipientes
de papel. Cuando Marcia y papá llegaron
a la puerta principal, el Hombre Asiento
ya estaba allí y había abierto.

Había dos hombres en el exterior,
sujetando una butaca nueva. Era una
butaca bonita, lisa y de color azul, con un
cojín que parecía cómodo en el lugar del
que había procedido la cara del Hombre
Asiento. Marcia pensó que mamá y papá
habían elegido bien.

—Llévense, ejem, llévense esa cosa de aquí —le dijo el Hombre Asiento a los repartidores—. Esta casa no es lo suficientemente grande para, snif, los dos. El puesto ya está, ejem, cubierto. Ha habido un error.

—¿Está seguro? Esta es la dirección correcta —dijo uno de los repartidores.

Enfadado, papá apartó al Hombre Asiento a un lado.

—¡Preocúpate de tus propios asuntos! —dijo—. No, no habido ningún error. Lleven esta butaca al interior.

El Hombre Asiento dejó de ondear los brazos y los cruzó.

—Ejem, mi rival entrará en esta casa por encima de mi cadáver —dijo—. Este asunto es más importante que, snif, nosotros dos.

Mientras discutían, la tía Christa estaba conduciendo a los invitados a la

cocina para escapar rápidamente desde allí por la puerta trasera.

—Tengo la impresión —le dijo amablemente el párroco a mamá, mientras se marchaba a toda prisa— de que su excéntrico tío sería mucho más feliz en una residencia.

Mamá aguardó hasta que el último de los invitados salió a toda velocidad por la puerta trasera. Después rompió a llorar. Simon no supo qué hacer. Se quedó mirándola.

—¡Una residencia! —sollozaba mamá—. ¡Soy yo la que acabará en una si nadie lo remedia!

Capítulo cinco

El Hombre Asiento se salió con la suya en lo que respecta a la nueva butaca, al menos en parte. Los repartidores la llevaron hasta la caseta

del jardín y la metieron dentro. Después se marcharon, pareciendo casi tan estupefactos y enfadados como papá.

Marcia, que había presenciado la escena, estaba ya convencida de que el Hombre Asiento había tomado nota de la actitud de la tía Christa durante todos esos años. Sabía perfectamente cómo conseguir que la gente cumpliera sus órdenes. Pero al menos no tenían que compartir techo con la tía Christa. De vez en cuando podían escapar de ella. Sin embargo, el Hombre Asiento parecía haber llegado para quedarse.

—Tenemos que conseguir volver a convertirlo en una butaca de alguna manera —le dijo a Simon—. No está mejorando. Se está volviendo cada vez peor.

Simon no pudo replicar. Ya no sentía la menor lástima por el Hombre Asiento.

—Vale, pero ¿cómo lo convertimos? —dijo.

—Podríamos preguntarle al señor Pennyfeather —propuso Marcia—. El kit de magia salió de su tienda.

Así que aquella tarde dejaron a su madre acostada en el piso de arriba

y a su padre en el jardín, recogiendo malhumorado las manzanas medio congeladas que había tiradas por el suelo. El Hombre Asiento seguía almorzando en la cocina.

—¿Dónde meterá todo lo que come? —preguntó Marcia mientras atravesaban la calle a paso ligero.

—Es una butaca. Tiene un montón de espacio dentro para meter cosas —señaló Simon.

Entonces los dos exclamaron al unísono:

—¡Ay, no!

El Hombre Asiento los estaba siguiendo
dando tumbos por la carretera, jadeando,
resollando y haciendo ondear los brazos.

—¡Ejem, esperadme! —gritó—. Por lo
visto os habéis, snif, olvidado de llevarme.

Siguió caminando a trompicones
hasta que los alcanzó, con una expresión
engreída en el rostro. Cuando llegaron
a la zona comercial, los compradores
se quedaron mirando los accidentados
pasos del Hombre Asiento con los
zapatos de papá. Alternaban la mirada
entre los zapatos, las medias de fútbol y
finalmente el traje a rayas que le quedaba

corto, para después contemplar con
asombro la barba que parecía un erizo
estampado. La gente giraba la cabeza para
mirar cada vez que el Hombre Asiento
soltaba uno de sus rebuznos, y, como era
de esperar, no dejó de hablar en ningún
momento. En todas las tiendas había algo
que le inspiraba una nueva perorata.

En la panadería, dijo:

—Ejem, esas son las hogazas
artesanales de Sam Browne. Resulta que
sé, snif, que son el sustento nutritivo de
la nación.

En la puerta del supermercado, dijo:

—Comer queso sin exceso es bueno
para el, snif, cuerpo y bueno para los
huesos, y, ejem, ahí está el té de la marca
Tackley, que resulta que sé que cuenta
con más de mil agujeros en cada bolsita.
El gusto de lo augusto.

En la vinoteca su voz se convirtió en
un rugido estridente:

—Veo, ejem, el magnífico jerez de la
marca Sampa, pensado para mujeres a
las que les gusten los productos suaves
y, snif, delicados. Y resulta que sé que en
esa botella negra reside, ejem, el sabor
de la vieja Inglaterra. Hay una diligencia

en la, ejem, etiqueta para demostrarlo.

Y mirad, ahí está la cerveza, ejem, de la
marca Bogan, que por supuesto solo está
dirigida a los paladares más selectos.

En ese momento, Simon y Marcia
tenían la impresión de que todo el
mundo los estaba mirando.

—No puedes creerte todo lo que
dicen los anuncios —dijo Simon,
sintiéndose incómodo.

—Ejem, al parecer os estoy avergonzando
—dijo el Hombre Asiento, con un rebuzno
aún más estridente—. Decidme si, snif,
os estoy molestando y me iré, snif, a casa.

—Sí, vete —dijeron al unísono.

—No se me ocurriría, ejem, meterme en donde no me, snif, quieren —dijo el Hombre Asiento—. Lo tomaría, ejem, como un favor personal si me avisarais, snif, cada vez que os hartéis de mí. Entiendo que, snif, debo de aburriros bastante a menudo.

Cuando terminó de decir eso, llegaron a la tienda de segunda mano del viejo señor Pennyfeather. El Hombre Asiento se quedó mirándola.

—No tiene sentido, ejem, que entremos ahí —dijo—. No tienen más que trastos viejos.

—Si no quieres entrar, puedes quedarte fuera —dijo Marcia.

Pero el Hombre Asiento inició otro largo discurso para explicar que no quería, ejem, causarles molestias y los siguió al interior de la tienda.

—A lo mejor, ejem, me pierdo —dijo—, ¿y qué haríais entonces?

Entonces se chocó contra un armario. Las puertas se abrieron de golpe y emergió del interior un torrente de herraduras: ¡clang, *clang*, CLANG!

El Hombre Asiento se echó torpemente a un lado para esquivar

las herraduras y derribó un expositor
de paraguas hecho con la pata de un
elefante, que cayó —¡*cras*! ¡*CLANG*!—
sobre una mesita de café que tenía una
jarra enorme encima, que a su vez se
ladeó y dejó caer la jarra —¡*CRAS*!—
para después chocar contra una librería
desvencijada, que se vino abajo de
costado, derramando libros al caer
—*pum, pum, pum, pum*— y golpeó otra
mesa repleta de discos y revistas viejas,
que se desparramaron a su alrededor.

Fue lo que se conoce como un efecto
dominó.

La campana de la puerta que anunciaba a los clientes que entraban en la tienda no había dejado aún de tintinear cuando el Hombre Asiento se vio rodeado por un amasijo de muebles derribados y sumergido hasta las rodillas en una montaña de periódicos viejos. Se quedó quieto en mitad de aquel desastre, ondeando los brazos y con aspecto de sentirse agraviado.

En ese momento el señor Pennyfeather salió de la trastienda, gritando:

—¡Cuidado, cuidado, cuidado!

—Ejem, ejem —carraspeó el Hombre Asiento—, por lo visto he tirado un par de cosas.

El señor Pennyfeather se detuvo y lo examinó detenidamente. Después miró a Simon y Marcia.

—¿Es vuestro? —dijo.

Los chicos asintieron. El señor Pennyfeather asintió también.

—No te muevas —le dijo al Hombre Asiento—. Quédate donde estás.

El Hombre Asiento hizo ondear los brazos como si estuviera dirigiendo una orquesta gigantesca, varios coros

vocales y probablemente una banda de
metales.

—Yo... ejem, ejem, yo... ejem...
—carraspeó.

El señor Pennyfeather le gritó:

—¡Estate quieto! ¡No te muevas o te
sacaré los muelles que tienes dentro y
los estiraré para hacerme con ellos unos
tenedores de barbacoa!

—Ese es el único lenguaje que
entienden los de su especie —añadió,
dirigiéndose a Simon y Marcia—.
¡ESTATE QUIETO! ¡YA ME HAS OÍDO!
—le gritó al Hombre Asiento.

El Hombre Asiento dejó de ondear
los brazos y se quedó quieto como una
estatua. Parecía muy asustado.

—Venid los dos conmigo —dijo
el señor Pennyfeather, y se llevó
a Simon y a Marcia hacia el otro
extremo de la tienda, a un rincón
entre un viejo timón de barco y una
pértiga tallada de las que se usan en la
Festividad de los Mayos, donde había
una vieja radio colocada en equilibrio
sobre una caja de té. Puso la radio muy
alta para que el Hombre Asiento no
pudiera oírles.

—Veamos —dijo—, al parecer estáis teniendo problemas relacionados con ese viejo kit de magia. ¿Qué ocurrió?

—Fue culpa de la tía Christa —dijo Marcia.

—Dejó que la bola de cristal goteara sobre la butaca —dijo Simon.

—Y le dio unos toquecitos con la varita mágica —añadió Marcia.

El señor Pennyfeather se rascó la avejentada mejilla.

—En realidad ha sido culpa mía —dijo—. Nunca debí dejar que se llevara esos trastos mágicos, lo que pasa es que ya

me había hartado de que todos los artículos de mi tienda cobraran vida continuamente. Mesas bailarinas y cosas así. El caso es que en la mayoría de los muebles solo cayeron un par de gotas. Normalmente se tranquilizaban al cabo de un par de horas. Al parecer, ese que tenéis ahí se llevó una buena ducha... o tal vez influyera la varita. ¿Qué era antes de lo ocurrido, si no os importa que os lo pregunte?

—Nuestra vieja butaca —dijo Simon.

—¿En serio? —dijo el señor Pennyfeather—. Por la pinta que tiene, yo habría dicho que era un sofá. Es

posible que tuvierais una butaca que se consideraba un sofá. A veces ocurre.

—Ya, bueno, ¿pero cómo podemos convertirlo de nuevo? —dijo Marcia.

El señor Pennyfeather volvió a rascarse la mejilla.

—Esa es la cuestión —dijo—. Menudo problema. La respuesta debe estar en el kit de magia. No tendría sentido llenar esa bola de cristal con un líquido capaz de dar vida a las cosas sin tener cerca el antídoto. El sombrero de copa nunca cobró vida. Podríais probar a darle unos golpecitos con la varita

otra vez. Pero lo mejor sería examinar la caja y ver si encontráis aquello que ha impedido que el sombrero cobrara vida.

—Pero es que no tenemos la caja —dijo Simon—. La tiene la tía Christa.

—Entonces más vale que la recuperéis lo antes posible —dijo el señor Pennyfeather mientras dirigía la mirada hacia el lugar donde el Hombre Asiento seguía inmóvil como una estatua—. Las butacas que tienen una gran opinión de sí mismas son un engorro. Esta podría convertirse en una auténtica amenaza.

—Ya lo es —dijo Simon.

Marcia inspiró profundamente y dijo:

—Se lo agradezco muchísimo, señor Pennyfeather. ¿Quiere que le ayudemos a ordenar la tienda?

—No, mejor que os marchéis ya —dijo el señor Pennyfeather—. Quiero que esa cosa se marche de aquí antes de que haga algo peor.

Entonces le pegó un grito al Hombre Asiento:

—¡Está bien, ya puedes moverte! ¡Sal de mi tienda a paso ligero y espera en la calle!

El Hombre Asiento asintió y le dirigió una de sus más humildes

y sumisas reverencias, después se abrió camino entre los periódicos y salió de la tienda. Simon y Marcia lo siguieron, lamentando no ser capaces de gritarle al Hombre Asiento de la misma forma que había hecho el señor Pennyfeather. Es posible que los hubieran criado para ser demasiado educados. O tal vez fuera a causa de la opinión que el Hombre Asiento tenía de sí mismo, al considerarse un sofá. O tal vez se debiera simplemente a que el Hombre Asiento era más grande que ellos y había sugerido la posibilidad

de comérselos al poco de salir de la caseta. Fuera lo que fuese, lo único que parecían capaces de hacer era dejar que el Hombre Asiento avanzara a trompicones junto a ellos, sin parar de hablar, mientras intentaban pensar en una forma de volver a convertirlo en una butaca.

Estuvieron tan sumidos en sus pensamientos que llegaron a su calle antes de enterarse de nada de lo que estaba diciendo el Hombre Asiento. Y eso solo fue porque había dicho algo nuevo.

—¿Qué has dicho? —dijo Marcia.

—He dicho que —dijo el Hombre Asiento—, por lo visto, ejem, snif, he prendido fuego a vuestra casa.

Simon y Marcia levantaron de golpe la cabeza. Efectivamente, había un camión de bomberos aparcado junto a su casa. Los bomberos se apresuraban a desenrollar las mangueras. Una espesa nube de humo negro emergía por detrás de la casa, oscureciendo la luz del sol y ennegreciendo el tejado.

Simon y Marcia se olvidaron del Hombre Asiento y echaron a correr.

Se aliviaron muchísimo al ver que
mamá y papá estaban en la calle, junto
al camión de bomberos y la mayor parte
de los vecinos. Mamá los vio. Se soltó del

brazo de papá y corrió hacia el Hombre Asiento.

—A ver si me entero —dijo—: ¿se puede saber qué has hecho esta vez?

El Hombre Asiento ondeó los brazos y ejecutó nuevas reverencias, pero no pareció preocupado ni arrepentido. De hecho, se quedó contemplando las crecientes nubes de humo negro con gesto satisfecho.

—Me entró, ejem, sed —dijo—. Por lo visto me bebí todo el zumo de naranja y toda la limonada y el contenido, snif, de las botellas de vino y de whisky, así

que, ejem, puse la tetera al fuego para prepararme una taza de té. Por lo visto me olvidé de ella cuando me fui.

—¡Serás idiota! —le gritó mamá—. ¡Y encima era una tetera eléctrica!

Estaba lo suficientemente furiosa como para comportarse igual que el señor Pennyfeather. Señaló con un dedo hacia la barriga del Hombre Asiento.

—¡Ya estoy harta de ti! —gritó—. ¡Quédate aquí y ni se te ocurra moverte! Ni te menees o te... te... No sé lo que te haré, pero te aseguro que no te va a gustar.

Y funcionó, igual que los gritos del señor Pennyfeather. El Hombre Asiento se quedó inmóvil como una estatua tapizada.

—Por lo visto, ejem, te he hecho enfadar —dijo con tono humilde y sumiso.

Se quedó totalmente quieto en la carretera durante el tiempo que los bomberos tardaron en apagar el fuego. Por suerte, las llamas solo habían afectado a la cocina. Papá había visto el humo mientras recogía manzanas en el jardín. Tuvo tiempo de llamar a los

bomberos y sacar a mamá del piso de arriba antes de que el fuego se extendiera por el resto de la casa. Los bomberos apagaron el fuego en un abrir y cerrar de ojos. Media hora más tarde, el Hombre Asiento seguía plantado en la carretera mientras el resto de la familia examinaba lo que había quedado de la cocina.

Mamá contempló el fogón derretido, la nevera abollada y los restos carbonizados de la mesa de la cocina. Todo estaba mojado y ennegrecido. El suelo de vinilo estaba cubierto de ampollas.

—Alguien tiene que librarse del Hombre Asiento —dijo mamá— antes de que lo mate.

—No te preocupes. Nosotros lo haremos —dijo Simon con dulzura.

—Pero para ello tenemos que ir a ayudar a la tía Christa con su fiesta de los niños —explicó Marcia.

—Yo no voy —dijo mamá—. Aquí hay mucho que hacer... No pienso hacer nada más por la tía Christa. ¡Y menos después de lo que ha pasado esta mañana!

—Ni siquiera la tía Christa puede pretender que la ayudemos con su fiesta

después de que se nos haya incendiado la casa —dijo papá.

—Iremos Simon y yo —dijo Marcia—. Y nos llevaremos al Hombre Asiento para que no os moleste.

Capítulo seis

El humo había ensuciado y ennegrecido todo lo que había en casa. Simon y Marcia no consiguieron encontrar ropa limpia, pero los vecinos

les dejaron usar su baño y tuvieron la amabilidad de encerrar al perro para que Marcia no se pusiera nerviosa. Los vecinos del otro lado les invitaron a almorzar cuando regresaron. Todo el mundo se portó muy bien. Otro grupo de amistosos vecinos se congregaba alrededor del Hombre Asiento cuando Simon y Marcia vinieron a buscarlo. Todos parecían un poco nerviosos. El Hombre Asiento seguía inmóvil como una estatua en mitad de la calle.

—¿Está enfermo? —preguntó la mujer que vivía en el número 27.

—No, no está enfermo —dijo
Marcia—. Simplemente es excéntrico.
Eso dijo el párroco.

Simon hizo todo lo posible por imitar
al señor Pennyfeather.

—Está bien, ya te puedes mover
—le ordenó al Hombre Asiento—. Nos
vamos a una fiesta.

Aunque a Simon no le sonó
demasiado convincente, el Hombre
Asiento comenzó de inmediato a
resoplar y a ondear los brazos.

—Qué, ejem, bien —dijo—. Suena
bien lo de la fiesta. ¿Qué clase de, snif,

fiesta es? ¿Temática, privada, patronal? ¿Tengo que ponerme, ejem, un traje regional, o ir de etiqueta, o disfrazarme?

Al oír eso, los vecinos se pusieron a asentir con la cabeza.

—Sí que es raro, sí —dijo la mujer que vivía en el 27 mientras se dispersaban.

Simon y Marcia condujeron al Hombre Asiento hacia el salón comunitario mientras trataban de explicarle que iba a ser una fiesta en beneficio de la Asociación de Niños Desfavorecidos.

—Y se supone que debemos echar una mano —dijo Marcia—. Así pues, ¿creer que podrás intentar comportarte como una persona normal por una vez?

—¡No, ejem, no hacía falta que dijeras eso! —dijo el Hombre Asiento. Había herido sus sentimientos. Los siguió al interior del local sin decir nada más.

El salón comunitario estaba decorado con gusto, había montones de globos y estaba repleto de niños. Simon y Marcia conocían a la mayoría del colegio. Les sorprendió que fueran desfavorecidos; la mayoría parecían niños normales y

237

corrientes. Pero lo que más llamó su
atención fue la larga mesa que había en
el otro extremo de la habitación. Tenía
un mantel blanco encima. En su mayoría
estaba cubierta de comida: gelatinas,
tartas, patatas fritas y botellas enormes de
refrescos. Al fondo de la mesa se erguía
la pila de regalos, con el osito verde en
lo alto. El kit de magia, al ser bastante
grande, estaba al fondo de la pila.
Simon y Marcia se alegraron, ya que eso
significaba que sería el último premio
que se podría ganar. Tendrían tiempo de
buscar en la caja.

La tía Christa estaba sumergida entre la maraña de niños, tratando de remendar con un alfiler el roto que se había hecho una niña en el vestido.

—¡Al fin habéis llegado! —exclamó al ver a Simon y Marcia—. ¿Dónde están vuestros padres?

—No han podido venir. ¡Lo sentimos mucho! —respondió Marcia, también en voz alta.

La tía Christa emergió rápidamente de entre los niños.

—¿Que no han podido venir? ¿Y por qué no? —dijo.

239

—Es que ha habido un incendio en casa y... —comenzó a explicar Simon.

Pero la tía Christa, como de costumbre, no le estaba escuchando.

—¡Me parece muy desconsiderado por su parte! —dijo—. Contaba con ellos para organizar los juegos. Ahora tendré que hacerlo yo misma.

Mientras hablaban, el Hombre Asiento se adentró atropelladamente entre la multitud de niños, ondeando los brazos para darse importancia.

—Ejem, bienvenidos a la fiesta —dijo con un rebuzno—. Es para vosotros un

honor que yo esté aquí porque soy el
Hombre Asiento, snif, y vosotros no sois
más que una panda de niños desfavorecidos.

Lo niños se quedaron mirándolo,
ofendidos. Ninguno de ellos se
consideraba desfavorecido.

—¿Por qué lleva medias de fútbol?
—preguntó alguien.

La tía Christa se dio la vuelta y se
quedó mirando al Hombre Asiento. Se
puso pálida.

—¿Por qué lo habéis traído? —dijo.

—Es que... no se puede quedar solo
—se disculpó Marcia.

—Ha estado a punto de quemarnos la
casa —intentó explicar de nuevo Simon.

Pero la tía Christa no le hizo caso.

—¡Voy a hablar muy seriamente con
vuestra madre! —dijo, y después volvió
corriendo con los niños y empezó a
dar palmadas—. Escuchadme, niños.
Vamos a jugar a un juego estupendo.
Guardad silencio mientras os explico
las reglas.

—Ejem —carraspeó el Hombre
Asiento—, por lo visto han preparado
un banquete. ¿Les molestaría si, snif,
empiezo a comer ya?

Al oír eso, un montón de niños empezaron a gritar:

—¡Eso! ¿Podemos comer ya?

La tía Christa pegó un pisotón en el suelo.

—¡No, no podéis! Primero los juegos. Poneos todos en fila, y tú, Marcia, trae esas pelotitas de allí para hacer malabares.

En cuanto la tía Christa comenzó a dar órdenes, el Hombre Asiento se volvió muy obediente. Hizo todo lo posible por unirse a los juegos. Pero fue en vano. Si alguien le lanzaba una pelota, se le caía. Y

si él le lanzaba una pelota a otra persona, chocaba contra la pared o amenazaba con aterrizar sobre la gelatina. El equipo con el que iba estaba condenado a perder.

Así que la tía Christa probó a cambiar al juego de El Rey Manda, pero fue incluso peor.

El Hombre Asiento perdió el hilo del equipo que le habían adjudicado y empezó a correr en círculos como un pollo sin cabeza. Después se dio cuenta de que todo el mundo estaba corriendo en zigzag, así que él también empezó a hacerlo. Pero cuando los demás giraban

hacia la derecha, él lo hacía a la izquierda,
así que no paró de chocar contra los
niños y de pegarles pisotones.

—¿No podéis hacer que pare? ¡Está
arruinando el juego! —protestaban los
niños.

Por suerte, el Hombre Asiento se
escabullía de vez en cuando del juego
para acercarse a la mesa a robar bollos
o servirse un vaso de refresco con gas.
Al cabo de un rato, la tía Christa dejó de
incluirlo en los juegos. Era más fácil sin él.

Pero Simon y Marcia estaban
empezando a preocuparse. Estaban tan

ocupados organizando los equipos o
yendo a buscar cosas y vigilando que
nadie hiciera trampas, que no tuvieron
ocasión de acercarse a revisar el kit
de magia. Los demás premios fueron
desapareciendo. El osito verde fue el
primero, después la locomotora rota, y
luego otras cosas, hasta que se volatilizó
la mitad de la pila de regalos.

Entonces la tía Christa anunció que
ahora iban a jugar al juego de las sillas
musicales.

—Simon y Marcia se encargarán
de poner en marcha el tocadiscos y yo

seré el árbitro —dijo—. Que cada uno
traiga una mesa al medio. ¡Y tú! —dijo,
apartando al Hombre Asiento del plato
de gelatina que se estaba intentando
comer—. Este juego es tan sencillo que
incluso tú puedes participar.

—Estupendo —susurró Simon
mientras Marcia y ella se dirigían hacia
el viejo tocadiscos—. Podremos echar un
vistazo a la caja mientras suena la música.

Marcia cogió un viejo disco rallado y
lo colocó en el tocadiscos.

—¡Ya pensaba que nunca íbamos a
tener una oportunidad! —dijo—. La

primera vez podemos dejar que la música
suene un buen rato.

Colocó cuidadosamente la aguja
torcida del tocadiscos. El disco empezó a
sonar:

Al pasar la barca clic *me dijo el*
clic *barquero* clic... Y todos los niños
comenzaron a bailar tímidamente
alrededor de las sillas, mientras el
Hombre Asiento brincaba entre ellos,
haciendo ondear los brazos como si fuera
un cangrejo.

Simon y Marcia corrieron hacia la
mesa y sacaron el kit de magia de debajo

de los demás regalos. La bola de cristal
seguía goteando. Había una mancha
húmeda sobre el mantel. Cuando
abrieron la caja comprobaron que la
varita estaba en lo alto del todo, envuelta
todavía en el cordel de banderitas. Simon
la cogió. Marcia volvió corriendo y
levantó la aguja del disco. Se provocó una
estampida en busca de sillas libres.

Como era de esperar, el Hombre
Asiento fue quien se quedó sin silla.
Simon contaba con ello. Siguió al Hombre
Asiento y le dio un rápido golpecito con
la varita mientras el Hombre Asiento

avanzaba dando traspiés ante la fila de niños sentados. Pero la varita no pareció producir efecto alguno. El Hombre Asiento apartó a la niña más pequeña de la sillita auxiliar y se sentó en su lugar.

—¡Te he visto! ¡Estabas eliminado! —gritó la tía Christa, señalándolo.

El Hombre Asiento se quedó sentado donde estaba.

—Ejem, por lo visto estoy sentado en una silla —dijo—. Esa era la norma, snif, si no lo he entendido mal.

La tía Christa lo fulminó con la mirada.

—Reanudemos el juego —dijo.

Simon le dio un toquecito al Hombre Asiento en la cabeza con la varita antes de que se levantara de la silla siguiendo el ejemplo de los demás niños, pero tampoco provocó ningún efecto.

—¿Qué hacemos? —le susurró a Marcia mientras volvían corriendo junto al tocadiscos.

—Prueba a quitar las banderitas —le respondió Marcia con otro susurro. Volvió a colocar la aguja sobre el disco.

El disco volvió a sonar: *Al pasar la barca* clic *me dijo el...* Simon aprovechó

para correr hacia la mesa mientras
desenredaba el cordel de banderitas de
la varita. Estaba metiendo de nuevo las
banderitas en la caja cuando la mesa se
contoneó de repente y golpeó el suelo
con una de sus patas.

Simon le hizo señas a Marcia,
desesperado. La caja debía de llevar
mucho tiempo puesta encima de la mesa.
El líquido de la bola de cristal se había
filtrado hasta la mesa y se había extendido
por el mantel hasta la comida. El mantel
se estaba replegando sobre sí mismo,
de una forma lenta y taimada. Cuando

Marcia llegó, una de las gelatinas se había desparramado hacia el borde del cuenco que la contenía y se asomaba con timidez.

—Todos los objetos están cobrando vida —dijo Simon.

—Será mejor que nos llevemos la bola de cristal al baño y la vaciemos por el desagüe —dijo Marcia.

—¡No! —dijo Simon—. ¡Imagínate lo que podría ocurrir si el retrete cobrase vida! Piensa otra cosa.

—¿Por qué siempre tengo que pensar yo? —le replicó Marcia—. ¡Busca tú una idea por una vez!

Sabía que estaba siendo injusta,
pero llegada a ese punto estaba tan
malhumorada como mamá.

Esta vez la canción había avanzado
mucho: *como soy tan fea* clic *yo* clic *le
pagaré.* Y el disco se quedó atascado en *yo
le pagaré* clic, *yo le pagaré* clic...

Marcia fue corriendo a quitar el
disco. Simon corrió entre la estampida
de niños para llegar hasta el Hombre
Asiento y golpearle con la varita, que
ya no tenía el cordel. Tampoco ocurrió
nada. El Hombre Asiento empujó a un
chico que llevaba una pierna escayolada

y se sentó en su sitio. La tía Christa dijo, furiosa:

—¡Esto está fatal! Empecemos otra vez con el juego.

Marcia colocó la aguja en el principio del disco por tercera vez.

—Será mejor que me quede aquí para controlar esto —dijo—. Tú deberías ir a buscar en la caja, y rápido, ¡antes de que acabemos cargando con el Hombre Mesa y el Hombre Gelatina!

Simon fue corriendo hacia la mesa y empezó a sacar trastos del kit de magia; primero las banderas y luego el sombrero

de copa, que goteaba y aún tenía dentro
la bola de cristal. Después apareció un
conejo de peluche, que quizá estuviera
pensado para que cobrara vida al sacarlo
del sombrero. Sin embargo, por alguna
razón, aquel peluche seguía inerte. En la
caja no había nada más que un puñado de
trastos mojados. Simon sacó una baraja de
cartas empapada y un puñado de pañuelos
de colores que chorreaban. No había
nada raro en ellos. Eso significaba que
tenía que haber algo que impedía que las
cosas cobraran vida, pero por mucho que
buscaba, Simon no lo conseguía encontrar.

Mientras buscaba, el disco rayado se paró, arrancó de nuevo, y la mesa comenzó a dar golpecitos con una pata y luego con la otra, al ritmo de la música. Simon dirigió su atención hacia el juego de las sillas. El Hombre Asiento había descubierto una nueva forma de hacer trampa: quedarse sentado todo el rato en la silla.

—Te voy a descalificar —le repetía la tía Christa, pero el Hombre Asiento se quedó sentado donde estaba con su barba de erizo estampado apuntando obstinadamente hacia el techo.

La siguiente vez que Simon miró, solo quedaban dos sillas libres junto a la del Hombre Asiento, y tres niños.

—En cuanto acabemos esta partida tomaremos té —dijo la tía Christa mientras Marcia volvía a poner la música.

«¡Ayuda!», pensó Simon. La bamboleante gelatina escaladora tenía ya medio cuerpo fuera del cuenco y hacía ondear unas pequeñas antenitas. Simon volcó la caja entera sobre la mesa danzarina, derramando toda clase de cosas. Pero no vio nada que pareciera útil, salvo quizá una cajita mojada. Tenía una

etiqueta en la tapa que decía, con letras mecanografiadas: LA CAJA MISTERIOSA. Simon la abrió a toda prisa.

El interior estaba oscuro, tan oscuro que no consiguió ver el fondo. Simon la dejó sobre la mesa y se quedó mirándola, desconcertado.

En ese momento, la mesa se agitó aún más por todo el líquido que Simon había derramado desde el kit de magia. Ahora sí que empezó a bailar de verdad. El mantel también se revitalizó y se revolvió hasta formar una serie de oleadas largas y sinuosas. El movimiento de ambos hizo

que el sombrero que contenía la bola de
cristal echara a rodar hacia el interior de
la cajita vacía.

Se escuchó un tenue *glub*. La caja
succionó el sombrero y la bola de cristal.
No quedó ni rastro de ellos. Así, sin más.
Simon se quedó patidifuso.

La mesa seguía bailando y el mantel
seguía formando olas. Una por una,
y muy deprisa, el resto de cosas que
contenía el kit de magia echaron a rodar
hacia la cajita. Con un *glub* desapareció
el conejo, con otro *glub* la varita, con
un *glub glub* la ristra de banderitas, y

después los demás trastos (*glub, glub, glub*) hasta que desaparecieron todos también. La caja grande que había contenido todas esas cosas se volcó encima y desapareció con un sonoro *glub*, antes de que Simon tuviera

tiempo de reaccionar. Después de
eso, los demás regalos comenzaron a
desvanecerse, acompañados de nuevos
glubs. Aquello pareció captar el interés
del mantel, que tendió una de sus
esquinas hacia la caja para investigar.

 En ese momento, Simon se recobró de
la impresión. Apartó a un lado el extremo
del mantel y puso la tapa encima de la
caja antes de que el mantel desapareciera
también.

En cuanto tuvo la tapa encima, la
caja desapareció. No se produjo ningún
chasquido ni ningún *glub* previo.

Simplemente desapareció. Entonces el mantel volvió a ser un simple mantel, tendido y medio doblado sobre los pocos regalos que quedaban. La gelatina se deslizó de vuelta hacia el interior de su cuenco. Perdió las antenas y volvió a ser una gelatina normal y corriente.

La música también se detuvo. La tía Christa también se detuvo, para después exclamar:

—¡Bien hecho, Philippa! ¡Has vuelto a ganar! Ven a elegir un premio, querida.

—¡No es justo! —protestó alguien—. ¡Philippa ha ganado todo!

Marcia volvió corriendo con Simon
mientras este intentaba estirar el mantel.

—¡Mira, mira! ¡Lo has conseguido!
¡Mira!

Simon se dio la vuelta, asombrado.
Aún quedaban dos sillas en mitad del
salón después del juego. Una de ellas
era una vieja y raída butaca a rayas.
Simon estaba convencido de que algo no
encajaba.

—¿Quién ha puesto...? —comenzó a
decir.

Entonces se dio cuenta de que las
rayas de la butaca eran de color naranja,

morado y azul claro. Por un lateral del
cojín superior asomaba el relleno de la
butaca, como si fuera una especie de
pelusilla. Tenía manchas en ambos brazos

y sobre el asiento. El Hombre Asiento volvía a ser una butaca. Lo único raro era que la butaca llevaba puestas unas medias de fútbol y unos zapatos relucientes en las patas delanteras.

—No sé si fue la varita o la caja —dijo Simon.

Empujaron la butaca hacia la pared mientras los demás se congregaban alrededor de la comida.

—No sé si voy a ser capaz de quemarla en la fogata después de todo lo que ha pasado —dijo Marcia—. No sería de buena educación.

—Si le quitamos los zapatos y las medias —dijo Simon—, podríamos dejarla aquí. La gente pensará que pertenece al salón comunitario.

—Sí, aquí podrían sacarle partido —coincidió Marcia.

Más tarde, cuando los niños ya se habían marchado y la tía Christa había cerrado la puerta del local, giró la cabeza para decirles:

—¡Decidle a vuestros padres que no pienso volver a dirigirles la palabra!

Entonces Simon y Marcia emprendieron lentamente el camino de regreso a casa.

—¿Crees que sabía que teníamos pensado echarlo a la hoguera?

—preguntó Simon—. A lo mejor era su forma de vengarse de nosotros.

—Es posible —dijo Marcia—. Aunque nunca comentó nada al respecto, ¿verdad? ¿Qué le impedía habernos pedido que no lo quemáramos cuando era un hombre?

—Nada —dijo Simon—. No hacía falta que nos prendiera fuego a la casa. Supongo que eso demuestra la clase de hombre que era.

Angus Flint

Tony, Cándida
y Pip

Pip

Angus conduciendo

Travieso

El Hombre Asiento

Marcia y Simon

La vieja butaca

Mamá

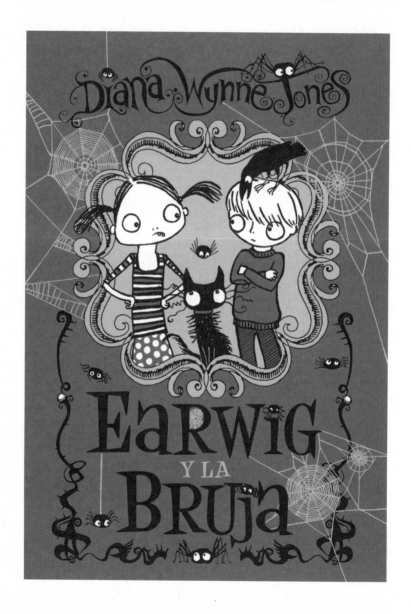